낭송 인천·경기북부의 옛이야기

이 책은 한국학중앙연구원(www.aks.ac.kr)이 설화, 민요, 무가 등의 구비문학 자료를 수집정리하여 출간한 '한국구비문학대계' 85권(1980~1992년 발행) 가운데 『한국구비문학대계 1-1 서울시 도봉구편』, 『한국구비문학대계 1-4 경기도 의정부시·남양주군편』, 『한국구비문학대계 1-7 경기도 강화군편』, 『한국구비문학대계 1-8 경기도 인천시·옹진군편』에서 풀어 읽은이가 선별하여 내용을 추리고 낭송에 적합하도록 윤문한 것으로, 한국학중앙연구원의 저작물 이용 허락을 받았습니다.

낭송Q시리즈 민담·설화편 낭송 인천·경기북부의 옛이야기

발행일 초판1쇄 2020년 10월 28일(庚子年 丙戌月 甲辰日) | **풀어 읽은이** 이애순 |
펴낸곳 북드라망 | **펴낸이** 김현경 | **주소** 서울시 종로구 사직로8길 24 1221호(내수동, 경희궁의아침 2단지) |
전화 02-739-9918 | **이메일** bookdramang@gmail.com

ISBN 979-11-90351-34-8 04810 979-11-86851-49-4(세트) | 이 도서의 국립중앙도서관 출판시도서목록(CIP)은 서지정보유통지원시스템 홈페이지(http://seoji.nl.go.kr)와 국가자료공동목록시스템(http://www.nl.go.kr/kolisnet)에서 이용하실 수 있습니다.(CIP제어번호: CIP2020043129) |

낭송
Q
시리즈

민담·설화편
10

낭송
인천·경기북부의 옛이야기

이애순
풀어
읽음

▶낭송Q시리즈 민담·설화편 『낭송 인천·경기북부의 옛이야기』 사용설명서◀

1. '낭송Q'시리즈의 '낭송Q'는 '낭송의 달인 호모 큐라스'의 약자입니다. '큐라스'(curas)는 '케어'(care)의 어원인 라틴어로 배려, 보살핌, 관리, 집필, 치유 등의 뜻이 있습니다. '호모 큐라스'는 고전평론가 고미숙이 만든 조어로, 자기배려를 하는 사람, 즉 자신의 욕망과 호흡의 불균형을 조절하는 능력을 지닌 사람을 뜻하며, 낭송의 달인이 호모 큐라스인 까닭은 고전을 낭송함으로써 내 몸과 우주가 감응하게 하는 것이야말로 최고의 양생법이자, 자기배려이기 때문입니다(낭송의 인문학적 배경에 대해 더 궁금하신 분들은 고미숙의 『낭송의 달인 호모 큐라스』를 참고해 주십시오).

2. 낭송Q시리즈는 '낭송'을 위한 책입니다. 따라서 이 책은 꼭 소리 내어 읽어 주시고, 나아가 짧은 구절이라도 암송해 보실 때 더욱 빛을 발합니다. 머리와 입이 하나가 되어 책이 없어도 내 몸 안에서 소리가 흘러나오는 것, 그것이 바로 낭송입니다. 이를 위해 낭송Q시리즈의 책들은 모두 수십 개의 짧은 장들로 이루어져 있습니다. 암송에 도전해 볼 수 있는 분량들로 나누어 각 고전의 맛을 머리로, 몸으로 느낄 수 있도록 각 책의 '풀어 읽은이'들이 고심했습니다.

3. 최고의 양생법이자 새로운 독서법으로서의 '낭송'을 처음 세상에 알린 **낭송Q시리즈의 시즌 1**은 동청룡·남주작·서백호·북현무편으로 이루어져 있으며, 사계절의 기운을 담고 있는 것을 특징으로 합니다. 동청룡편에는 봄의 창조적 기운, 남주작편에는 여름의 발산력과 화려함, 서백호편에는 가을의 결단력, 북현무편에는 지혜와 상상력을 키울 수 있는 고요함을 품은 고전들이 속해 있습니다. 각 편 서두에는 판소리계 소설을, 마무리에는 네 편으로 나눈 『동의보감』을 하나씩 넣었고, 그 사이에 유교와 불교의 경전, 동아시아 최고의 명문장들을 배열했습니다.

▷ 동청룡 : 『낭송 춘향전』, 『낭송 논어/맹자』, 『낭송 아함경』, 『낭송 열자』, 『낭송 열하일기』, 『낭송 전습록』, 『낭송 동의보감 내경편』

▷ 남주작 : 『낭송 변강쇠가 / 적벽가』, 『낭송 금강경 외』, 『낭송 삼국지』, 『낭송 장자』, 『낭송 주자어류』, 『낭송 홍루몽』, 『낭송 동의보감 외형편』

▷ 서백호 : 『낭송 흥보전』, 『낭송 서유기』, 『낭송 선어록』, 『낭송 손자병법/오자병법』, 『낭송 이옥』, 『낭송 한비자』, 『낭송 동의보감 잡병편 (1)』

▷ 북현무 : 『낭송 토끼전/심청전』, 『낭송 도덕경/계사전』, 『낭송 대승기신론』, 『낭송 동의수세보원』, 『낭송 사기열전』, 『낭송 18세기 소품문』, 『낭송 동의보감 잡병편 (2)』

4. **낭송Q시리즈 시즌 2**는 고전과 몸 그리고 일상이 조화를 이루는 훈련으로서의 낭송에 초점을 맞추었습니다. **샛별편**에는 전통시대의 초학자들이 제일 먼저 배우며 가장 오래도록 몸과 마음에 새겨 놓은 고전을 담았고, **원문으로 읽는 디딤돌편**은 몸으로 원문의 리듬을 익혀 동양 고전과 자유자재로 접속할 수 있는 힘을 키울 수 있도록 했습니다. 또 **민담·설화편**은 입에서 입으로 전해지는 낭송의 진수를 보여 주는 우리나라 각 지역의 옛날이야기들을 모았으며, **조선왕조실록편**은 조선 태조로부터 철종에 이르기까지 25대 472년간의 역사를 연월일 순서에 따라 편년체로 기록한 조선왕조실록을, **여행기편**은 근대 이전 여행의 기록들을 낭송에 맞게 새롭게 엮었습니다.

▷ 샛별편: 『낭송 천자문/추구』, 『낭송 명심보감』, 『낭송 격몽요결』, 『낭송 사자소학』

▷ 원문으로 읽는 디딤돌편: 『낭송 대학/중용』, 『낭송 주역』, 『낭송 논어』

▷ 민담·설화편: 『낭송 강원도의 옛이야기』, 『낭송 경기도의 옛이야기』, 『낭송 경상북도의 옛이야기』, 『낭송 경상남도의 옛이야기』, 『낭송 인천·경기북부의 옛이야기』, 『낭송 전라남도의 옛이야기』, 『낭송 전라북도의 옛이야기』, 『낭송 제주도의 옛이야기』, 『낭송 충청남도의 옛이야기』, 『낭송 충청북도의 옛이야기』

▷ 조선왕조실록편: 『낭송 태조실록』, 『낭송 태종실록』, 『낭송 세종실록』, 『낭송 성종실록』

▷ 여행기편: 『낭송 18세기 연행록』, 『낭송 19세기 연행록』

5. 낭송Q시리즈 민담·설화편 『낭송 인천·경기북부의 옛이야기』는 『한국구비문학대계』 강화군, 남양주군, 서울시 도봉구, 옹진군, 인천시, 의정부시 편을 대본으로 하여 풀어 읽은이가 그 편제를 새롭게 해서 각색하고 엮은 것입니다. 단, 각 이야기의 출처 지역은 행정구역의 변동 등으로 분명치 않은 곳이 있어 『한국구비문학대계』에 표기된 지역을 그대로 따랐습니다.

차례

낭송
인천·경기북부의 옛이야기

3부

仁川京畿

4부

5부

6부

7부

仁川京畿

낭송
인천·경기북부의
옛이야기

머리말

옛이야기는 낭송을 타고 굽이굽이 흐른다

1. 옛이야기는 산이 되고 강이 된다

옛이야기는 할머니를 떠올리게 한다. 어린 시절 내가 차지한 할머니의 옆자리는 그야말로 이야기가 쏟아지는 곳이었다. 얼마나 이야기를 재미나게 하시던지, 내게는 그때가 참으로 풍요로운 시간들이었다. 내 기억 속에 그림처럼 떠오르는 한 장면이 있다.

"한 산을 넘어가고 또 한 산을 넘어가고…" 할머니는 어제와 다르게 약간의 각색을 더해 맛깔나게 이야기를 들려주신다. 너무 재미있지만 난 졸려서 결국은 잠들어 버린다. 그리고 새벽 무렵 옆자리를 더듬어 보면 할머니 자리는 비어 있고, 난 봉창창호지를 바른 창. 혹은 창틀 없이 안쪽으로 종이를 발라 봉한 창을 통해 장독대에서 정화수를 놓고 기도하는 할머니를 바라본다. 그리고 검푸른 새벽 하늘에 하얗게 떠 있는 달을 한 번 쳐다보고는 다시 잠이 든다.

이렇게 오랜 기억을 더듬어 꺼내 보는 나의 옛이야기처럼, 옛이야기들은 그동안 어디에 묻혀 있었던 것일까. 생각해 보니 세상에는 옛이야기보다 재미있는 것들이 너무 많이 생겨났다. 텔레비전, 비디오, 웹툰, 게임, 인터넷… 셀 수가 없을 정도다. 사람들은 귀를 쫑긋하고 집중해서 들어야 하는 옛이야기보다는 즉각적, 감각적, 그리고 시각적인 세계에 빠져든다. 나도 또한 다르지 않았지만 낭송집 작업을 통해 옛이야기가 다시 내 앞에 나타났다. 이토록 오랫동안 전해져 온 옛이야기의 힘은 도대체 무엇일까.

할머니가 들려 준 옛이야기 중에 누구나 아는 '해와 달이 된 오누이'가 있다. 호랑이에게 쫓기는 오누이는 이런저런 방법을 궁리한다. 그리고 마지막으로 하늘을 향해 간절히 빈다. 하늘에서는 동아줄이 내려오고 오누이는 하늘로 올라가 해와 달이 된다. 반면에 오누이를 흉내 냈던 호랑이에게는 썩은 동아줄이 내려와 결국 떨어져 죽게 된다는 이야기이다.

어릴 적, 이 이야기에서 특히 재미있고 기억에 남는 것은 호랑이가 수숫대 위로 떨어져 수숫대가 붉게 되었다는 부분이었다. 그러나 지금은 붉은 수숫대의 기억보다는 오히려 오누이의 기도가 훨씬 선명하게 다가온다. 마치 정화수 앞의 할머니의 기도처럼 말이다. 그리고 그것은 내가 이제 자신의 자리에서 느껴지는 간절함을 아는 나이가 되었기 때문이다. 할머니의 옛이야기는 사람들의 삶 속에서 이리저리 부대끼며 함께 깨달은 소망과 지혜가 들어 있기에, 이제 재미있는 이야기가 아니라 전혀 다른 의미로 내게 다가온다.

옛이야기는 수많은 시간 속에서 입에서 입으로 전해지는 동안 구르고, 흔들리고, 보태지고, 덜어내기도 하면서 흐른다. 그렇게 수천, 수만 개의 이야기를 담고 있기에 잡초처럼 강인한 생명력을 가지고 살아간다. 이것이 바로 옛이야기가 아직까지 그리고 앞으로도 전해지는 힘인 것이다. 발 없는 말이 천 리 길을 가듯이, 우리의 삶 속에서 나온 옛이야기는 멈추지 않고 흘러간다. 그리고 어느 곳에서는 머물러 산이 되고 들이 되고 강이 되어 다시 우리의 삶과 어우러진다.

2. 인천과 경기도 북부 지역의 이런저런 이야기들

이 책의 이야기들은 강화군, 의정부시, 남양주군, 인천시, 옹진군, 그리고 도봉구(서울)에서 모았다. 이 지역은 나라가 위험에 빠졌을 때 몸을 사리지 않은 장군들의 이야기가 많은 것이 특징이다. 이 지역은 강화도를 포함하고 있어 국가의 변란이 있을 때마다 아주 중요한 방어선이었기 때문이다. 그리고 미처 몰랐던 변덕이 심한 도깨비, 도깨비와 사귀는 방법 등의 재미있는 이야기도 있었고, 시각을 잃었지만 특출한 능력을 가져 귀신같이 맞히는 장님점쟁이의 활약도 인상적이었다.

1부는 '백성을 사랑하는 우리네 임금님'에 대한 이야기이다. 내가 본 역사책이나 역사드라마 속의 임금은 항상 지배하기를 좋아했다. 그러나 여기서는 권력이나 특권 의식이 있는 임금이 아니라, 백성과 함께하려는 마음 따뜻한 임금을 만날 수 있다.

첫번째 이야기인 「성종대왕과 두 신하」에서는 좋은 신하를 잃지 않기 위해 고민하는 성종의 드라마틱한 이야기가 펼쳐진다. 한편 우리에게 장희빈으로 더 유명한 숙종은 의외로 많은 선정을 펼쳤다. 그는 신기하게도 하루에 천 리 길을 갈 수 있는 축지법을 쓰기도 하고 끊임없는 잠행을 하며 백성들의 삶을 밤낮으로 살피기도 했다.

2부는 '이 땅의 이름난 어르신들 이야기'이다. 우리가 이름을 들으면 익히 알 수 있는 혜안을 가진 선비와 나라가 위험에 빠졌을 때 목숨을 아끼지 않은 장군들의 이야기를 모았다. 그중 많은 전쟁에 참여했던 임경업 장군이 '연평도 조기잡이'의 창시자였다는 이야기는 특히 재미있었다.

3부에는 '암탉이 울어야 집안이 흥하는구나'라는 역설적인 제목을 붙였다. 옛날 여성은 관습에 순종해야 하는 억압받는 존재였다. 심지어 '암탉이 울면 집안이 망한다'라는 말이 있었다. 그러나 옛이야기 속에서는 통쾌하게도 신분이나 관습을 뛰어넘는 여인, 혁명도 마다하지 않는 여인도 있었다. 그리고 각자가 처한 현실을 뛰어넘기 위해 남편이 글을 배울 수 있도록 이끄는 여인들이 많았다.

4부에서는 부자가 되기를 소망하는 이야기를 모았다. 덜 먹고 덜 입어 부자가 된 사람, 남의 복을 빌린 사람 등등, 가난하다가 부자가 된 사람의 이야기가 대부분이다. 옛이야기 속에서는 한번 가난하다고 계속 가난하거나, 한번 부유하다고 계속 부유한 삶은 없었다. 사람들의 삶 속에서 부富라는 것은 끝없는 변화로 출렁이고 있었다.

5부의 제목은 '이런저런 사연으로 점을 치는 사람들'이다. 아주 사소하게는 밤참으로 뭐가 나올지, 잃어버린 물건이 어디에 있는지를 알고 싶어 점을 치는 이야기도 있지만 대부분은 목숨을 구하는 사연이 많았다. 점을 치는 것을 미신이라고 터부시하기도 하지만, 미래를 궁금해하는 것은 인간의 본능일지도 모르겠다. 나는 점 치는 행위를 삶에 대해 다른 길을 찾는 적극적이고 긍정적인 자세로 해석하고 싶다.

6부에는 읽으면 읽을수록 들으면 들을수록 재미있는 도깨비 이야기를 모았다. 사랑 도깨비, 정치 도깨비, 황금 도깨비 등등, 도깨비의 종류나 도깨비를 만나는 방법을 알 수 있다. 도깨비가 지닌 신통력은 이루기 힘든 것을 성취하고 싶은 생각을 가진 이들 특히 돈을 벌고 싶은 사람에게 유용했다. 녹록지 않은 현실에서 사람들의 욕망과 소원을 투영시키는 재미난 장치라고 할 수 있다.

7부는 '재미있는 이야기 한번 들어 보시게!'이다. 옛이야기는 주로 권선징악을 표현해 도덕적이고 교훈적이다. 그렇기 때문에 나는 한바탕 신나게 웃을 수 있는 옛이야기들이 있을 거라곤 생각을 못했다. 짧으면서도 의외로 재기 넘치는 이야기들이 많았다. 이런 이야기는 아낙네들이 빨래터에서 수다를 떨 때 혹은 농사꾼이 새참을 먹을 때, 긴 육체노동의 고단함을 잠시라도 더는 역할을 하지 않았을까 싶다.

3. 낭송의 리듬을 찾아서

> 욕망의 조급함 이후 자신의 계획을 사물에 강요하는 시간이 지나고 나서 이제 사람들이 도래하도록 내버려두는 시간이 있다고 몽테뉴는 말하고 있으며, 이 마지막 시도에서 사람들이 시간이 '지나가도록' 내버려두는, 사물이 발생하도록 내버려두기 시작하는 시간이 있다고 적고 있다. 지혜 그 자체가 도래한다. 지혜는 마치 노년이 오는 것처럼 온다. 자기 스스로 그러함에 의해서 지혜는 전적으로 홀로 도래한다.(프랑수아 줄리앙, 『현자에게는 고정관념이 없다』, 박치완·김용석 옮김, 한울, 2009, 350쪽)

이 글은 문탁네트워크에서 『장자』 세미나를 마친 후 공감하는 부분을 간략하게 다듬어 낭송했을 때 골랐던 구절이다. 무수히 많은 시간을 품고 있는 구비문학을 접하고 나자 '지혜는 마치 노년이 오는 것처럼 온다'라는 구절이 연결되어 떠올랐다. 젊었을 때는 도저히 이해되지 않던 것들이 지금은 저절로 이해되기도 하고 그냥 그저 내버려두는 시간들이 늘기도 했다. 나를 이렇게 만든 시간이란 무엇일까. 나이가 든다는 것은 무엇일까. 싱싱해서 맛있는 음식도 있지만 오래 되어서 더 맛있는 음식이 있듯이, 지혜는 숙성되고 발효되는 시간이라는 물리적인 조건이 반드시 필요하다. 이렇게 생각하니 나이가 든다는 것이 참 좋은 일이기도 하다는 데까지 이르렀다. 이 구절이 특히 좋아서 낭송했겠지만, 낭송을 했기 때문에 마음에 오래 남은 것은 분명하다.

낭송을 하기 위해서는 먼저 소리 내어 외워야 했다. 나는 그렇게 글을 소리 내어 외운 기억을 잊고 그동안 눈으로만 읽었기 때문에 힘이 들었다. 소리 내어 외운다는 것은 시간이 다르고 열정이 달라야 했다. 외우다 보면 어느덧 외우는 맛도 느끼고 구절의 의미도 새롭게 새겨졌다. 그리고 흥이 나기도 했는데 그러면 더 잘 외워졌다. 어떤 장소에서라도 누구 앞에서라도 낭송의 구절이 툭 튀어 나올 수 있게 해야 하고 어느 구절이나 바로 나올 수 있게 몸에 새겨야 했다. 문득 몸에 새기다 못해 흥겹게 자유자재의 변주가 가능했던 할머니의 이야기가 생각났다. 그것이 바로 낭송이기 때문이다.

옛이야기는 낭송을 만나면 생명력이 더 강해지고 풍성해지고 흥겨워져 또 다른 이야기로 편곡된다. 이야기를 들려주는 사람의 감정, 표정, 억양까지 담겨 새로운 곡으로 듣는 사람에게 전해지고 그 감흥이 다시 돌아와 가슴에 오래도록 남게 된다. 낭송에는 리듬이 들어 있기에 사람들은 더 잘 기억할 수 있고 자신들의 소망을 더 깊이 새길 수도 있다.

지천명知天命의 나이가 훌쩍 지났지만 나의 몸과 마음은 아주 작은 변화에도 쉴 새 없이 요동친다. 그러나 오랜 세월 옛이야기가 변주되며 이어져 온 시간들처럼 그 변화에 넘어지거나 미끄러질 것을 두려워하지 않고, 새로운 색과 배치를 통해 다시 만난 낭송의 리듬에 나의 몸과 마음을 실어 본다.

1부

백성을 사랑한 우리네 임금님

1-1. 성종대왕과 두 신하

성종대왕은 조선 오백 년 중에 태평성대를 이룬 왕이었어. 그는 늘 좋은 신하들이 있어야 나라를 잘 다스릴 수 있다고 생각했지. 하지만 좋은 신하를 찾는 것은 여간 힘든 일이 아니었어.

한번은 어진 신하를 뽑으려고 과거시험을 열었어. 그 중에 조위와 신종호의 글은 누가 일등인지 가리기가 힘들었어. 결국 그 해는 장원이 하나가 아니라 둘이 되어 버렸지.

성종은 이들에게 첫 벼슬로 한림학사라는 직책을 줬어. 그리고 조위와 신종호를 끔찍하게 아꼈어. 하지만 두 신하 사이에는 조금씩 갈등이 생겨났어. '만약에 저자가 없다면, 내가 전하의 총애를 독차지할 텐데'라며 두 사람은 서로의 약점을 찾기 위해 혈안이 되었지.

어느 눈이 내린 겨울밤, 성종은 야회를 끝낸 뒤 내실로 들어

가는 길이었어. 뜰을 지나는데 눈길 위에 조그마한 여자 발자국을 보게 되었어.

'어허, 이상하구나. 오늘 숙직 당번은 조위와 신종호인데, 여기 여자 발자국이 났으니… 도대체 무슨 일인고?'

성종이 발자국을 따라가 보니 저 앞에서 웬 궁녀가 오른손을 가슴에 붙이고 왼손만 저으며 걸어가고 있었어. 그 궁녀는 조위가 있는 방으로 들어갔어. 야심한 시각에 궁녀와 관리가 은밀히 만나다니, 순간 성종은 큰일났다는 생각을 했어. 그 옆방에서는 신종호가 숙직을 서고 있었는데, 그가 사실을 알면 가만히 있지 않을 것이 분명했기 때문이야. 성종은 혹시라도 아끼는 신하를 잃게 될까 봐 걱정이 앞섰고 서둘러 왕비 윤씨가 있는 내실로 갔지.

"중전, 나 좀 도와주시오."

"무슨 말씀이신지요?"

"궁녀 중에 오른손을 가슴에 붙이고 왼손만 저으며 걷는 아이가 누구요?"

"아, 소봉이입니다. 그 아이한테 무슨 일이 일어났습니까?"

성종은 왕비에게 자초지종을 들려주었어. 두 사람은 궁리 끝에 신종호를 평양 감찰사로 보내기로 했어.

날이 새자마자 신종호는 성종의 명을 받고 평양으로 급히 떠

났어. 길을 가던 중에 날이 저물어 어느 주막에서 하루를 묵게 되었지. 그 주막의 여인은 천하일색이었고 신종호는 여인을 보자 그만 넋을 잃고 말았어. 결국 두 사람은 하룻밤을 보내게 되었지. 이 여인이 바로 왕비 윤씨가 보낸 사람이라는 것은 모른 채 말이야.

아침이 되자 여인은 하얀 속치마를 펼치며 말했어.

"어제 백년해로하자고 언약을 했으니 표식을 해주시지요."

가진 것이 마땅치 않았던 신종호는 감사 장부에 찍을 도장을 속치마에 찍어 주었지. 하지만 이것은 큰 죄가 되는 것이었어. 모든 것은 왕비의 계획대로 되고 있었어.

며칠 후, 신종호가 조정에 돌아오자 성종은 조위까지 불러 술자리를 만들었어. 한참 취기가 올랐을 때 옆에 있던 병풍이 스르륵 걷히고, 거기에는 소봉이와 도장 찍은 속치마를 입은 여인이 서 있었어. 조위와 신종호는 깜짝 놀라 성종 앞에 엎드렸지.

"죽여 주십시오."

그러자 성종이 두 사람에게 이렇게 말했어.

"올라오시오, 경들. 이 사실은 우리끼리만 알고 있기로 합시다."

성종은 왕비 윤씨의 지혜 덕분에 아끼는 두 신하를 지킬 수 있었지. _ 도봉구 수유동

1-2. 숙종임금 이야기 ① — 상주는 노래하고, 여승은 춤추고, 노인은 탄식한다

숙종임금은 평소에 잠행을 자주 다녔어. 그날도 변장을 하고 세상 인심을 살피던 중이었지. 저녁 무렵에 어떤 마을을 지나고 있었는데, 한 집에서 아주 이상한 소리가 들렸어. 숙종은 무슨 일인지 궁금해 살짝 들여다보았어. 그런데 그 광경이 참으로 이상했어. 상주는 노래하고 여승은 춤을 추고 그런데 또 노인 한 사람이 옆에 앉아 무릎을 치며 탄식을 하고 있는 거야. 숙종은 도무지 이해가 되지 않았어.

"여보시오, 여기는 도대체 무슨 일이 난 거요?"

노인이 대답했어.

"오늘은 제 마누라의 초상 날입니다."

"초상이 났는데 어찌 이러고 있는 거요?"

"아휴, 말도 마십시오. 형편이 어려워 초상을 치를 수가 없으니 며느리가 머리를 깎아 음식을 마련했습니다. 그러고는 내 시름을 풀어 주려고 아들은 노래를 부르고 며느리는 춤을 추는 것입니다. 저는 이 모든 상황이 안타까워 이러고 있고요."

숙종은 이들에게 크게 감탄했어. 그리고 잠시 생각을 한 후 아들을 불러 말했어.

"내가 오다가 듣자 하니, 얼마 후에 과거시험이 있다고 하니 꼭 보도록 하시오."

숙종은 궁궐로 돌아와서 급히 별과 시험을 본다는 공고를 내게 했어. 시험의 제목은 '상가승무노인탄'喪歌僧舞老人歎으로 '상주는 노래를 부르고 중은 춤을 추고 노인은 탄식을 한다'였지. 이는 그 당사자가 아니면 도저히 알 수가 없는 문제였어. 결국 아들은 시험에 급제를 했고 며느리는 효부상을 받아 잘 살게 되었어. _ 도봉구 미아동

1-3. 숙종임금 이야기 ②—저 새는 무슨 새인가?

숙종 17년 때의 일로 몹시 추운 어느 날이었어. 숙종이 잠행을 나갔다 날이 어두워져서 몸 녹일 곳을 찾아 어느 집에 들어가게 되었어. 주인은 책을 읽던 중이었지. 그런데 읽는 책을 보니 그는 글도 아주 많이 읽은 훌륭한 선비였어. 숙종은 '이렇게 많은 글을 읽은 선비가 어째서 궁색하게 사는 거지?'라는 생각에 주인에게 물었어.

"어째 과거를 보지 않으십니까?"

"글을 지어 남을 주면 그 사람은 장원을 하는데, 제가 시험을 보면 낙방입니다. 수십 번 과거를 봤지만 소용이 없었습니다."

"그것 참 안됐소이다."

숙종이 방안을 둘러보니, 주인은 책상 앞에 새 한 마리를 키우고 있었어.

“이 새는 무슨 새입니까?”

“이놈은 꾀꼬리입니다.”

그러자 뭔가 생각이 난 듯 숙종이 말했어.

“며칠 후에 별과시험이 있다는 소리를 들어 보셨습니까?”

“못 들었는데요?”

“나도 오는 길에 들었소만, 글을 읽는 것을 보니 이번에 별과를 보면 아주 좋은 일이 있을 듯합니다.”

궁궐로 돌아온 숙종은 수소문해서 꾀꼬리를 급히 구해 오게 했어. 시험문제를 내려는 거였지. 과거를 보러 온 사람 중에 새의 이름을 아는 사람은 한 명도 없었어. 한참을 지나니 마침내 잠행 때 만난 선비가 시험장에 들어왔어. 시험관이 물었지.

“저 새는 무슨 새인가?”

선비는 시험관 앞에만 가면 긴장을 하니, 집에서 키우는 새 이름을 그만 잊어버리고 이렇게 말했어.

“꾸꾸기올시다.”

새의 이름을 잘못 말한 선비는 결국 시험장을 쫓겨 나왔어. 그런데 그때서야 ‘꾀꼬리’라는 이름이 생각이 났어. 하지만 이미 벌써 때는 지나갔단 말이지. 참말로 낙방할 팔자였어.

그는 시험을 보러 들어가는 다른 사람을 보고 말했어.

"나는 낙방이지만 당신이나 급제하시오."

"어떻게 급제를 한다는 말이요?"

"거기 들어가면 새가 한 마리 있을 거요. 그 새 이름이 '찌꼬리'요."

"그래서요?"

"시험관이 그걸 물을 거요. 난 집에서 키우는데도 생각이 나질 않아 '꾸꾸기'라고 했소. 당신이나 들어가 과거를 잘 보시오."

이 사람이 시험장에 들어가니 과연 시험관이 이렇게 물었어.

"이것은 무슨 새인가?"

"예, 그게 꾸꾸기 새끼 찌꼬리올시다."

그는 답을 가르쳐 준 선비를 생각해서 이렇게 말했던 거지.

"이놈아! 꾸꾸기 새끼면 꾸꾸기이고 찌꼬리 새끼면 찌꼬리지, 꾸꾸기 새끼 찌꼬리가 뭐냐?"

"아니 닭 새끼는 병아리라고 하지를 않습니까?"

"뭐라고?"

"저게 늙으면 꾸꾸기이고 결국은 찌꼬리인 셈이오."

"아 그러냐? 그럼 조금 전에 꾸꾸기라고 한 사람을 불러라."

시험관이 앞서 나간 선비를 급히 불렀고 두 사람은 합격을 하게 되었어. 인재를 알아본 숙종 덕에 가난한 선비는 벼슬길에 나아갈 수 있었지. _ 남양주군 미금읍

1-4. 숙종임금 이야기 ③—축지법을 쓰는 숙종

①죽은 자식의 자손이 날 자리

숙종은 종종 야행을 나갔는데, 축지법을 써서 하룻밤 사이에 조선 팔도를 돌곤 했어. 하루는 전라도 곡성에 내려와 한 오두막집을 지나고 있을 때였어. 집 안에서 나는 소리를 가만히 들어보니 할멈은 "불쌍한 내 자식"이라며 엉엉 울고, 영감은 "도리도리 곤지"라며 깔깔 웃고 있었어. 이상하다고 생각한 숙종은 "에헴" 헛기침을 했어.

"누구요?"

"길 가는 사람인데 문틈으로 당신들이 하는 소리를 들었소. 한 사람은 웃고 한 사람은 울고 있으니, 이게 대체 무슨 일이오."

그러자 영감이 이야기를 시작했어.

"저희 내외가 젊었을 때는 자식을 못 낳다가, 나이 오십 될 무렵에 귀한 아들 하나를 낳았소이다. 그런데 그 아들이 한참 자라다가 갑자기 죽어 버렸소. 하늘이 무너지는 일이었지요. 아들을 다시 낳을 수도 없고 그렇다고 그냥 묻을 수도 없었지요. 아들의 몸이 바싹 마르자 옻칠을 새까맣게 하고는 방 안에 뒀지요. 그러고는 이렇게 아들을 보며 번갈아 울고 웃으며 세월을 보내는 중이오."

숙종이 아들을 보니, 빼빼 마른 몸에 반들반들한 것이 사람도 아니고 귀신도 아니고 나무도 아니고 돌도 아니었어. 숙종은 이렇게 생각했어.

'이대로 놔두면 영감, 할멈이 평생 울다가 세월을 다 보내겠네. 내가 재주껏 사자생손지지死者生孫之地: 죽은 자식의 자손이 날 자리를 하나 잡아 봐야겠다.'

그러고는 대뜸 "애 한번 안아 봅시다"라며 아들을 안고 어르는 체하다, 벌떡 일어나 문밖으로 냅다 도망을 쳤어.

"아이구, 이 양반아 왜 이러나?"

영감이 붙잡으려 했지만 숙종은 축지법을 써서 아들을 안고 벌써 멀리 달아나 버렸어.

②한양 사는 이서방

축지법을 쓰는 숙종은 그날 저녁에 함경도 길주吉州, 명천明川을 갔지. 마천령을 넘어서 들 한가운데를 지나는데 정자나무 밑에 빈집이 있었어. 그곳은 비각碑閣을 하나 세워 두고 담을 빙 둘러 싸 놓은 곳이었어. 여기가 바로 '사자생손지지'였어. 숙종은 안고 온 아이를 그곳에 묻고 궁궐로 돌아왔어.

이듬해 봄이 되자 함경도에 새로운 감사가 부임을 하게 되었어. 그는 사인교四人轎: 앞뒤에 각각 두 사람씩, 네 사람이 메는 가마에 과년한 딸을 태우고 그 정자나무 밑을 막 지나가고 있었어.

"여기서 잠시 쉬이 가자꾸나."

모두 앉아 쉬는데 갑자기 함경 감사의 딸이 소변이 마려웠어. 마침 빈 집에 담을 빙 둘러 싸 놓은 비각을 보고는 그 담 안으로 들어가 소변을 누었어.

그런데 그날 이후 함경 감사의 딸에게 태기가 있더니 배가 점점 불러 왔어. 양반가의 처녀가 아이를 가졌으니 세상 무서운 일이었지. 함경 감사는 딸을 죽일 수도 살릴 수도 없는 난감한 처지였어. 그러나 기다리던 소식을 듣게 된 숙종은 반가운 마음에 그날 바로 한 번에 70리를 가는 축지법을 써서 함경도로 올라갔어.

함경 감사 부부를 만난 숙종은 이렇게 말했어.

"내가 이 일의 사연을 알고 있으니 염려 말고, 너희 여식에게 좋은 약을 먹이고 잘 보살펴서 아이를 낳게 하거라. 나중에 모든 걸 다 이야기하겠다."

함경 감사의 딸은 열 달을 잘 채워 아들을 낳았어.

7년 후 숙종은 다시 전라도의 노인 부부를 찾아 갔어. 영감은 대번에 숙종을 알아봤지.

"아이구 이 몹쓸 양반아, 우리 아들을 도대체 어찌 했소?"

"영감, 이러지 말고 내가 시키는 대로만 하시오. 그러면 좋은 일이 있을 것이오."

"도대체 당신은 누구요?"

"나는 한양 사는 이서방이오. 내일 고을 원에서 가마가 올 것이니 그것을 타고 한양으로 올라오시오."

첫닭이 울고 날이 밝자 정말 영감 내외에게 가마가 도착했어.

"죽든지 살든지 한번 가 보자. 설마, 한양 사는 이서방이 거짓말을 하지는 않았겠지?"

영감은 모든 것이 이상하고 의심스러웠지만 한양으로 갈 수밖에 없었어. 한편 숙종은 함경 감사에게 딸과 아이를 데리고 한양으로 들어오라는 기별을 해 두었어. 영감은 이서방이 임금이라고는 꿈에도 생각을 못했지. 그러니 용상에 앉은 숙종을 보고는 이렇게 말했어.

"아, 이 양반 낯이 익은데? 당신, 한양 사는 이서방 아니오? 이서방, 여기서 사는 거요?"

"그렇소. 여기가 우리 집이요. 올라오시오. 내가 그대들이 안타까워 죽은 자식의 자손이 날 자리에 아들을 묻었소."

그리고 숙종은 함경 감사의 딸이 낳은 아이를 영감에게 데려다 주었어. 그 후 영감 부부는 대를 이어 잘 살았다고 해. _ 도봉구 수유동

1-5. 숙종임금 이야기 ④—올바를 때 올바르고, 정직해야 할 때 정직하게

숙종 때의 일이었어. 평양은 산수가 좋고 기생이 많기로 유명했어. 그래서인지 부임하는 평양 감사마다 정사는 아랑곳하지 않고 풍류만 즐기고 미색만 탐했지. 그러니 백성들은 살기가 여간 힘든 게 아니었어. 숙종은 평양 감사를 처벌하려고 여러 차례 암행어사를 보냈지만 어찌된 영문인지, 보내는 어사마다 모두 감감무소식이었어.

한편, 평양에는 설화雪花라는 기생이 있었는데, 얼굴이 천하일색인 데다 재주가 보통이 아니었어. 목석 같은 사내라도 설화가 웃으면 돌아설 수가 없었지. 평양 감사는 이런 설화와 짜고서 한양에서 오는 어사를 유혹하곤 했어.

이번에도 숙종은 어사를 다시 보냈어. 평양에 도착하려면 누구나 반드시 지나야 하는 길이 있었는데, 그 길에 어사가 당도했지. 어느 집 앞을 지나는데 대문이 활짝 열려 있고, 집 안에서 어여쁜 여인이 물을 긷고 있었지. 어사는 여인의 미색에 마음이 흔들렸지만, 임금의 명을 따라야 했기에 길을 재촉했어.

날이 어두워지자 어사는 하룻밤 묵어갈 곳을 찾았어. 하지만 아무도 방을 내주지 않았어. 평양 감사가 벌써 손을 써 놓았던 거지. 어사는 할 수 없이 다시 그 여인이 있는 집을 찾아갈 수밖에 없었어. 그날 밤, 여인의 아름다움에 온통 마음을 빼앗겨 버린 어사는 자신과 인연을 맺어 달라고 애원을 했어. 그러자 여인이 이렇게 말했어.

"저는 설화라 합니다. 비록 혼잣몸으로 살고 있으나 표적 하나는 받아 두어야 하지 않겠습니까?"

그러면서 자신의 팔을 내밀었어. 어사는 재빨리 필낭에서 붓을 꺼내 일필휘지로 써 내려갔어. '설화수상각수명雪花手上刻手名 묵묵설래자자명墨墨設來字字明 장부일약기가망丈夫一約豈可忘.'*

이렇게 해서 두 사람은 하룻밤을 보내게 된 거지.

날이 밝자 어사는 관아로 바삐 들어가 평양 감사를 문초하기 시작했어.

* 설화의 손목에 글자를 새기니 / 먹물 든 글자는 밝고 밝은데 / 장부가 어찌 하룻저녁 정을 잊으랴.

"너는 나라의 녹을 먹으면서, 백성을 도탄에 빠뜨렸다. 네 죄를 네가 알렷다?"

그러자 평양 감사가 말했어.

"죽을 때 죽더라도, 나리께 아뢸 말씀이 있습니다. 요망한 계집에게 홀려 제가 그만 정사를 내팽개치게 된 것이니, 그 계집을 혼내 주십시오. 모두 그 계집 탓입니다."

어사의 명령으로 포졸들이 여자를 끌고 왔어. 여자가 머리를 풀어 헤치고 고개를 숙이고 있으니, 어사는 설화인 줄은 꿈에도 모를 수밖에 없었지.

"네가 평양 감사의 정신을 빼앗은 계집이로구나. 너로 인해 평양 백성들이 살기가 어려운 지경이 되었으니, 너의 죄는 막중하다."

그러자 여자가 말했어.

"지금 죽어도 억울치 않으나, 제 소원 하나 들어주십시오. 저는 열일곱에 홀로 되어 스물셋까지 수절을 했습니다. 그런데 어제 저녁에 비로소 낭군을 만났는데, 그 낭군을 만나고 죽는 것이 제 소원입니다."

"도대체, 네 낭군이 누구란 말이냐?"

"바로 이 분입니다."

하고는 여자가 팔을 쑤욱 내밀었어. 어제 저녁에 자신이 쓴 글이 보이니 어사는 정신이 아득해졌어. 평양 감사를 눈감아 줄 수도, 빈손으로 한양에 돌아갈 수도 없는 일이었지.

고민에 고민을 거듭하던 어사는 마침내 큰 결심을 했어. 그리고 한양으로 가서 숙종에게 사실대로 고했지.

"전하, 죽여 주십시오."

그런데 뜻밖에도 숙종은 껄껄껄 웃고 무릎을 치면서 말했어.

"당 현종도 양귀비에게 미쳐 나라가 망했다. 그래, 장부의 마음을 흔드는 건 여인밖에 없지. 그러나 올바를 때 올바르고, 정직해야 할 때 정직하게 하는 것, 그게 대장부인 거지."

비록 잘못을 했지만 자신의 죄를 이실직고한 어사의 정직한 성품을 인정해 준 거지. _ 강화도 내가면

1-6. 인재를 알아보는 임금

어느 날 임금님이 화공을 불러 말했어.

"내 화상畵像을 하나 그려 봐라."

화공이 임금의 명령을 받고는 어진御眞: 왕의 얼굴을 그린 그림을 아주 잘 그렸어. 이제 화상을 그렸으니, 화제畵題: 그림에 써 넣은 시를 비롯한 각종 글귀를 붙여야 했어. 그러나 화공은 뭐라고 써야 할지 도무지 생각이 나지를 않았어. 임금과 약조한 날짜가 점점 다가오자 결국은 몸져누울 지경이 되었지. 그 화공에게는 일곱 살 먹은 영특한 아들이 있었어.

"아버지, 뭐 때문에 걱정을 그렇게 하십니까?"

"임금님의 명대로 화상을 그려 놨는데, 내게는 화제를 쓸 재주가 없구나."

화공은 찬바람이라도 쐬려고 밖으로 나갔어. 그러자 아들이 얼른 붓을 들고는 화상 밑에 도사금수圖寫禽獸*라고 썼어.

잠시 후 방에 들어온 화공은 하늘이 노랗게 보일 정도로 깜짝 놀랐지. 천신만고 끝에 그린 임금의 화상 밑에 낙서라니? 그림을 다시 그릴 수도 없고 낙서를 지울 수도 없었어. 화공은 어쩔 수 없이 어진을 들고 임금 앞에 나아갔지. 그림을 본 임금은 호통을 쳤지.

"너 이놈, 어쩌려고 이런 짓을 했느냐?"

그러자 화공은 임금에게 사실대로 고할 수밖에 없었어. 임금은 당장 화공의 아들을 데려오라 명했지.

화공의 아들이 궁으로 들어오자 임금이 물었어.

"네가 과인의 그림에 호작질장난질을 한 것이냐?"

"예. 제가 그랬습니다."

"도대체 이것이 무슨 뜻이냐?"

화공의 아들은 옆에 있던 붓을 들어 글을 쓰기 시작했어. 도圖자 밑에 도공지덕圖公之德: 공의 덕을 그렸다, 사寫 자 밑에는 사공지상寫公之像: 공의 모습을 그렸다, 금禽 자 밑에는 금중지봉禽中之鳳: 새 가운데는 봉황, 수獸 자 밑에는 수중지린獸中之麟: 짐승 가운데는 기린을 썼어.

임금이 가만히 읽어 보니, 일곱 살 먹은 아이의 글이라고 하

* 그림 도(圖), 그릴 사(寫), 새 금(禽), 짐승 수(獸)

기에는 너무 놀라웠지. 보통 재주로는 쓸 수가 없는 글이었어. 임금은 이 아이가 장차 훌륭한 인재가 될 것을 알고 화공에게 잘 키우기를 당부했어. 훗날 화공의 아들은 나이 스물이 되기도 전에 과거에 급제하여 큰 벼슬을 지냈어. _ 도봉구 미아동

1-7. 효자를 알아보는 임금

옛날에 손순이라는 사람이 있었어. 그는 가난한 살림이었지만 어머니를 모시고 있었는데, 운 좋게 장가를 들어 아들·딸을 낳고 살고 있었지. 다섯 식구에 땟거리끼니를 때울 만한 먹을 것가 넉넉하지 않으니, 나무를 팔아 어머니를 겨우 봉양하는 처지였어.

그에게는 딱 한 가지 걱정이 있었어. 어머니에게 먹을 것을 드리면 아이들이 자꾸 먹어 버리곤 했던 거지. 어느 날, 손순은 아내와 의논을 했어.

"어머니 드실 것을 아이들이 빼앗아 먹으니 내가 민망해서 살 수가 없소."

"어찌해야 할까요?"

"그러게, 좋은 방도가 없겠소?"

아내가 한참을 생각하더니 눈물을 흘리며 말했어.

"우리가 아직 젊고 자식은 또 낳으면 되니, 애들을 산에 갖다 묻는 게 어떨지요?"

손순은 효심 깊은 아내의 말을 듣고 천천히 고개를 끄덕였어. 밤이 되자 부부는 아이 하나는 업고 하나는 걸려 산으로 올라갔어. 그리고 아이들 묻을 자리를 파기 시작했지. 한참을 파는데 땅속에서 이상한 소리가 나기 시작했어. 괭이를 내리칠 때마다 '꾸웅꾸웅' 하고 아름다운 소리가 났어. 손순이 조심조심 파내려 가자 돌로 된 종이 나왔지. 아름다운 소리는 돌에서 난 거였어.

"아마, 이건 우리 아이들을 죽이지 말라는 하늘의 뜻인가 보오. 이걸 캐서 집으로 가져갑시다."

손순은 돌종을 집으로 가지고 와 아침저녁으로 두들겼어. 그러자 온 나라에 아름다운 소리가 울려 퍼지게 되었지.

마침내 임금의 귀에도 이 아름다운 소리가 들리게 되었어.

"여봐라. 이 아름다운 소리가 무엇이냐? 필시 곡절이 있을 터이니 알아보아라."

신하들은 손순의 집에서 나는 소리라는 것을 알고 그를 임금에게 데려갔어. 손순은 임금에게 그동안의 일을 모두 사실대로 말했지. 그러자 임금은 효성이 지극한 손순에게 큰 상금을 내렸어. 돌종 덕분에 손순은 어머니를 모시고 아이들과 함께 잘 살았다고 해. _ 의정부시 호원동

2부

이 땅의 이름난 어르신들 이야기

2-1. 강감찬 이야기 ①—강감찬은 여우아들

강감찬 장군의 아버지는 유람하기를 좋아했어. 그러다 보니 슬하에는 아직 자식이 없었어. 한번은 유람을 하던 중에 아주 신비한 용꿈을 꾸게 되었지. 그 꿈이 어찌나 생생하던지 날이 밝자마자 서둘러 집으로 발길을 돌렸어.

"예사롭지 않은 꿈이다. 아들을 낳을 태몽이 틀림없으니 빨리 집으로 가야겠구나."

그는 잠시도 한눈을 팔지 않고 길을 재촉했지. 산을 넘다 보니 어느덧 밤이 되었어. 묵을 곳을 찾던 강감찬의 아버지는 뿌연 안개 속에서 집 한 채를 발견했어. 그 집에는 여인이 살고 있었는데 너무나도 아름다워서 강감찬의 아버지는 그만 넋을 잃고 말았어.

"날도 저물었으니 저희 집에서 하룻밤 묵고 가시지요."

그는 용꿈 따위는 까맣게 잊고 그 여인과 하룻밤을 보냈지. 다음 날 일어나 보니 집과 여자는 온데간데없이 사라져 버렸어. 마치 여우에게 홀린 것처럼 말이야.

1년의 시간이 흐르고, 강감찬의 아버지는 그때 일을 까맣게 잊은 채 살고 있었어. 그런데 어느 날 그 여인이 다시 나타났어.

"저를 기억하시는지요? 1년 전의 인연으로 제가 당신의 아들을 낳았습니다."

강감찬의 아버지는 깜짝 놀랐어.

"아들을 낳다니요?"

"저를 따라오시지요."

그는 여인을 따라갔어. 그러자 거기에는 어린 아기가 강보에 싸여 있었어. 여인은 아들을 내어 주었어. 아기를 받아든 강감찬의 아버지는 어안이 벙벙했지.

"이게 어찌 된 일이오?"

그러자 여인이 대답했어.

"사실 저는 사람이 아니라 여우입니다. 이제 사람의 아들을 낳았으니 저는 업을 씻고 하늘로 올라갑니다. 부디 아들을 잘 키워 주십시오."

여인은 말을 마치자 연기처럼 사라졌어. 그 후 사람들 사이에 '강감찬은 여우아들'이라는 말이 전해지게 되었어. _ 옹진군 영종면

2-2. 강감찬 이야기 ②—여우를 알아보는 강감찬

강감찬의 아버지는 강감찬을 데리고 잔칫집이나 초상집을 돌아다니곤 했어. 강감찬은 키가 아주 작았는데 다섯 자약 151.5cm도 못 되는 키였어. 하지만 그는 여우를 볼 수 있고 여우와 말을 할 수 있는 아주 신통한 능력을 갖고 있었지.

하루는 어느 잔칫집을 갔는데 신랑·신부가 혼례를 올리고 있었어. 강감찬이 가만히 보니 신랑이 아주 이상해 보였어.

"음, 여우가 틀림없군."

한눈에 여우란 것을 알아본 강감찬은 신랑을 노려보며 호통을 쳤어.

"당장 모습을 드러내지 못하겠느냐?"

그러자 신랑이 초례청에서 쓰러지면서 꼬리가 아홉 개 달린 여우로 변했어. 그 모습을 지켜본 사람들은 난리가 났지.

"진짜 신랑은 어디에 있느냐? 사실대로 말하지 않으면 당장 너를 죽이고 말 것이다."

강감찬의 엄청난 호령에 여우는 꼼짝을 못하고 벌벌 떨며 말했어.

"덤불 속에 가뒀습니다."

사람들이 덤불 속으로 달려가 갇혀 있는 신랑을 구해 냈어. 그사이 여우는 혼비백산하여 달아났고 신랑은 무사히 혼례를 치르게 되었어. 이렇게 강감찬은 가는 곳마다 여우가 일으키는 소동을 해결하는 것으로 아주 유명했어. _ 옹진군 영종면

2-3. 황희 정승 이야기 ①—제 복만큼 사는 거지

황희 정승에게는 딸이 하나 있었어. 양반이라는 것 하나만 보고 시집을 보냈는데, 아주 형편이 어려운 집이었어. 그러니 시집을 간 딸은 살기가 이만저만 힘든 게 아니었어. 어느 날, 딸은 머리카락을 팔아 술을 한 되 마련해 남편의 망태기에 넣어 주며 이렇게 말했어.

"아버지는 필히 먹고살 방도를 마련해 주실 것입니다. 그러니 이걸 갖고 다녀오시지요."

황희 정승이 퇴궐을 하고 처갓집에 온 사위를 만나게 되었어.

"자네 왔는가?"

"예, 약주 한 되를 가지고 왔습니다."

"딸이 보낸 좋은 술이니 어울리는 자리에 가서 마시자꾸나.

기다려 보거라."

이튿날 황희 정승은 조회를 하러 궁에 들어가서는 사흘이 지나도록 오지를 않았어. 일부러 사위를 기다리게 했던 거지. 사위의 사람됨이 얼마만큼인지 시험해 보려는 거였어. 사위는 애간장이 탔지만 기다릴 수밖에 없었지.

며칠 후, 황희 정승은 사위에게 술을 둘러메게 하고 산고개를 넘어갔어. 한참을 가니 마치 신선이 살고 있는 듯한 신비로운 곳이 나왔어. 사방은 절벽이고 물이 양쪽으로 흘러가고 꽃은 피고 노송이 있는 곳이었지. 황희 정승은 그곳에 앉아 사위가 따라 주는 술을 마시며 시를 읊었어. 그러나 사위는 시간이 지날수록 좀이 쑤시고 배가 고파 참을 수가 없었어. 황희 정승은 사위의 그런 모습을 보고도 모른 척했지.

"해가 지고 있구나. 기왕 여길 왔으니 돌멩이라도 하나 가져가거라."

하고는 큰 돌 하나를 망태기에 넣어 주었어. 그러자 사위는 대뜸 이렇게 말했어.

"이 돌은 너무 무겁습니다."

황희 정승은 '그래, 네 복으로는 이 돌을 짊어지기에도 힘이 들 만도 하겠구나'라고 생각하고 그보다 훨씬 작은 돌멩이를 다시 넣어 주었어. 사위는 산을 내려오자마자 줄행랑을 치듯 집으로 돌아왔어.

황희 정승의 딸이 남편에게 물었어.

"아버지께서 아무런 말씀이 없으셨나요?"

"별말씀 없으셨네."

"뭐라도 주셨을 텐데?"

"아무짝에 쓸모없는 작은 돌멩이 하나 망태기에 넣어 주시더군."

황희 정승의 딸이 망태기를 들여다보니 귀한 오금이 들어 있었어. 사위는 제 됨됨이만큼 복을 들고 온 거지. 그래서 부부는 작은 오금을 팔아 근근이 입에 풀칠이나 하며 살았대._ 강화군 화도면

2-4. 황희 정승 이야기 ②—우린 무얼 먹고 삽니까?

황희 정승이 병이 깊어 죽음을 앞두고 있을 때였어. 그는 평소 청렴결백한 탓에 남길 재산이 아무것도 없었어. 부인은 앞으로 살아갈 길이 막막해지자 푸념을 했어.

"대감께서 돌아가시면 우린 무얼 먹고 삽니까?"

"설마, 공지기[공작]처럼 납거미집을 먹고 살기야 하겠소?"

이 말을 남기고 황희 정승은 운명하고 말았어.

한편 중국에서 조선으로 공지기 한 마리를 보내며 이렇게 말했어.

"살이 쪄서 다니지 못할 정도로 만들어서 다시 중국으로 보내라."

이것은 중국이 조선에 트집을 잡으려는 말도 안 되는 수작이었어. 조정에서는 공지기에게 미역국을 끓여 먹이기도 하고 쇠고깃국에 밥을 해 먹이기도 했어. 그러나 공지기는 입에 대지도 않아 살이 찌기는커녕 점점 마르기만 했어.

임금은 걱정이 이만저만이 아니었지. 그때 어떤 신하가 말했어.

“황희 정승이라면 앞일을 내다보고 틀림없이 무슨 유언을 남겼을 것입니다.”

그래서 임금은 황희 정승의 집으로 사람을 보내 물었어.

“정승께서 남기신 유언이 없으십니까?”

“유언이고 뭐고 아무 말씀 안 하시고 돌아가셨소.”

“틀림없이 무슨 유언이 있었을 텐데, 그냥 돌아가셨을 리가 있나?”

임금은 다섯 번이나 사람을 보내 물어보게 했어. 그러자 황희 정승의 부인이 마지못해 말했지.

“아, 운명하실 때 이제 우리가 무얼 먹고 사냐고 여쭈니 ‘설마, 공지기처럼 납거미집을 먹고 살겠느냐’라는 말만 남기셨소.”

신하는 궁궐로 급히 가서 이 말을 임금에게 전했어. 그러자 임금은 이렇게 명을 내렸지.

“당장 납거미집을 따들여 공지기에게 먹이도록 하여라.”

과연 공지기에게 납거미집을 먹이니 점점 살이 쪘고, 한 달이 못 되어 걸어 다니지 못할 정도가 되었어. 드디어 살찐 공지기를 중국에 들여보냈지. 살찐 공지기를 본 중국에서는 '조선에는 아직도 인물이 있구나'라고 생각하게 되었어. 황희 정승의 선견지명으로 중국이 조선을 함부로 넘보지 못하게 되었지. _ 강화군 화도면

2-5. 황희 정승 이야기 ③—이 명경이 뭔지 아느냐?

황희 정승은 청렴하기로 유명한 사람이었어. 어느 날, 조카가 황희 정승에게 물었어.

"작은아버님은 왜 벼슬에 나아가지 않으십니까?"

"나는 나라 녹을 먹지 않으려고 그러는 것이다."

"그게 무슨 뜻입니까?"

"그것을 알고 싶으면 날 쫓아오너라."

황희 정승이 문을 열자 신비하게도 발밑에 물이 철철 흘러넘치고 조그만 배가 하나 있었어.

조카는 덜컥 겁이 났지만 황희 정승은 이렇게 말했어.

"걱정할 것 없다. 이리 올라타거라."

황희 정승과 조카를 태운 배는 순풍을 받아 앞으로 나아갔어.

한참을 가더니 황희 정승이 배를 멈추고 넓은 바다를 가리키며 말했어.

"참 좋은 명경이구나. 이 명경이 뭔지 아느냐?"

"바다를 어찌 명경이라 하시는지요?"

"여기에 너의 오장육부를 한번 비춰 보면 알 것이다."

조카가 거기에 자신의 오장육부를 비춰 보니 시커먼 먹물이 보였어. 그런데 황희 정승의 오장육부를 비춰 보니 깨끗하고 아주 맑았지.

"아니, 작은아버지께선 저렇게 깨끗한데 저는 왜 이런지요?"

"너는 나라의 녹을 먹는 놈이니 그런 것이지. 바른 마음을 가지고는 그 자리에 있을 수 없지. 내가 조정에 들어가지 않는 이유는 바로 그것이다. 명경에 비춰진 너의 모습을 꼭 기억하도록 해라."

이런 일이 있고 나서 조카는 청렴한 마음을 갖게 되었어. _강화군 양도면

2-6. 남이 장군의 미평국(未平國)과 미득국(未得國)

옛날에 남이 장군 아버지가 가평 골짜기로 사냥을 나갔어. 노루나 산돼지를 잡으려고 산을 돌아다니고 있었지. 그때 어떤 여자가 동이를 이고 그 골짜기를 지나가고 있었어.

"이런 산골에 웬 여인이지?"

남이 장군 아버지는 이상하게 생각하고는 여자의 뒤를 따라갔어. 그녀는 골짜기를 나와 눈이 쌓인 넓은 보리밭에 이르더니 오줌을 누기 시작했어. 그런데 어찌나 오줌을 많이 누던지, 그 넓은 보리밭의 눈이 절반이나 녹을 정도였어.

'저 여자는 보통 여자가 아니다'라고 생각한 남이 장군의 아버지는 그 여자를 부인으로 맞아 같이 살게 되었어. 그리고 아들을 낳았는데 그가 바로 남이 장군이었어. 그는 비범한 정기를 타고 나서인지 귀신을 보는 능력이 있었어.

하루는 남이 장군이 길을 가는데 저 앞에서 어떤 사람이 떡을 한 광주리 이고 가는 게 보였어. 그런데 걸음걸이가 암만해도 이상한 거야. 가만히 보니 홍각시가 붙어 있는 게 보였어. 홍각시는 긴 머리를 풀어 헤치고 소복을 입고 혼례가 있는 잔칫집을 찾아다니는 처녀 귀신을 말하는 거지. 그런 홍각시가 춤을 추며 붙어 가고 있었어.

남이 장군은 이렇게 생각했지.

'결혼 못한 홍각시가 잔칫집을 가는 모양이네. 저 잔칫집에 곧 사단이 나겠군. 망할 것을 잡아서 죽여야겠다.'

서둘러 뒤쫓았지만, 잔칫집에 들어서자 혼례를 올릴 색시의 비명소리가 들려 왔어. 벌써 홍각시가 색시에게 덤벼든 거지. 남이 장군이 색시의 아버지에게 이렇게 말했어.

"내가 색시를 살려 보겠소. 그러니 내가 색시가 있는 방안으로 들어가면 문이란 문은 죄다 걸어 잠그고 문에는 바늘구멍 하나도 남기지 말고 창호지를 바르시오. 그리고 기별을 할 때까지 문을 절대 열면 안 되오."

남이 장군은 방으로 들어가 색시에게 붙어서 목을 조르고 있는 홍각시를 잡아 내동댕이쳤어. 놀란 홍각시는 도망갈 구멍을 찾느라 방안을 빙빙 돌다가, 미처 바르지 않은 바늘구멍 하나를 발견했어. 그리고 그 구멍을 통해 달아나며 이렇게 말했지.

"분하다. 이 원수를 반드시 갚고야 말겠다."

그 후 세월이 지나 남이 장군은 그 일을 까맣게 잊었어. 그리고 벼슬을 얻어 조정에 들어가게 되었지. 어느 날 장군은 임금에게 충성하는 마음을 글로 지어 올렸어.

"남아이십미평국男兒二十未平國 후세수칭대장부後世誰稱大丈夫"*

라는 글이었어. 이상한 것은 남이 장군은 분명히 '미평국'으로 글을 지었는데, 임금의 눈에는 '미득국'未得國으로 보인다는 거야. '미평국'이면 '태평하게 못하면'이라는 뜻이지만 '미득국'이면 결국은 나라를 얻겠다는 뜻이니 임금에게는 역적인 거지. 남이 장군은 환장할 노릇이었고 조정에서도 난리가 났어.

"전하. 남이는 역적이옵니다. 당장 저 자의 목을 치시옵소서."

결국 남이 장군은 역적으로 몰려 죽게 되었어. 그런데 희한한 일이지? 그가 죽고 나자 그제야 임금의 눈에 그 글이 '미평국'으로 보인다는 거야. 사람들은 이 일을 두고 이렇게 말했어. 예전에 바늘구멍으로 달아난 홍각시가 임금의 눈을 가려 남이 장군에게 되갚음을 한 것이라고. _ 남양주군 와부읍

* 사나이 스무 살에 나라를 태평하게 못하면, 후세에 누가 대장부였다고 일컬으리.

2-7. 이 땅의 김응서 장군

김응서는 산골에서 태어났어. 여덟 살쯤에 부모님이 밭에 일하러 가고 혼자 있을 때였어. 호랑이가 어슬렁거리며 집으로 내려왔지. 그러나 김응서가 어찌나 장사인지 호랑이 뒷다리를 이렇게 밀고 저렇게 접어 제압을 하니 호랑이가 기절초풍을 하고는 오히려 도망을 갔어. 마침 점심때가 되어 돌아온 부모님이 그 모습을 보고, 김응서가 보통 아이가 아니라고 생각했어. 그래서 김응서를 서당에 보냈고, 마침내 김응서는 무과에 합격하여 선달* 이 되었지.

임진년에 나라에 큰 변란이 일어났어. 왜놈들이 파죽지세로 쳐들어오니 정예군도 모두 흩어지고 나라에서는 의병도 모집하

* 문무과에 급제하고 아직 벼슬하지는 않은 사람. 조선 중기 이후에는 주로 무과에 급제하고 벼슬을 받지 못한 사람만을 가리켰다.

지 못하고 있는 형편이었어.

하루는 보름달이 떠서 유난히 밝은 날이었어. 김응서가 칼을 차고 말을 타고 적진을 향해 가고 있는데, 어둠 속에서 한 여인의 한탄하는 소리가 들렸어.

"이 나라에는 백성을 지킬 장수도 하나 없구나. 일본 놈에게 잡혀 와 아이까지 뱄으니 이 원한을 어떻게 갚아야 한단 말인가?"

김응서는 여인의 소리를 듣고 지나칠 수가 없었어.

"난 이 땅의 장군 김응서요. 적진을 향해 가는 중에 당신의 한탄을 듣고 발길이 떨어지지 않아 왔소. 내가 무엇을 도울 수 있겠소?"

여인은 자신의 사연을 말하며 김응서와 함께 일본 장수를 죽일 계획을 세웠어.

그런 후 여인은 집으로 들어가 일본 장수에게 말했어.

"난리통에 잃어버린 오라버니를 지금 만나게 되었소."

그러자 일본 장수가 말했어.

"나에겐 처남이 되니 들어오라 해서 술 한잔 같이 해야겠군."

김응서가 들어가자 여인은 태연하게 술상을 차리고 커다란 술동이를 방안에 들여놓았어. 그러고는 밖으로 나가 재빨리 마른 재를 치마폭에 담아 들어오면서 김응서에게 눈짓을 했어.

"자, 먼저 드시지요."

하고 김응서가 술동이를 일본 장수에게 밀었어. 그러자 일본 장수가

"아, 처남이 먼저 들어야 내가 들지."

라며 술동이를 도로 밀었어. 그러자 김응서가 다시 말했어.

"어찌 처남이 먼저 들 수 있겠소? 그것은 예가 아니지요."

일본 장수가 마지못해 술동이를 들어 올린 순간, 김응서가 그 놈의 목을 전광석화와 같이 내리쳤어. 그랬더니 일본 장수의 머리가 공중에서 빙빙 돌며 말했어.

"분하다. 내가 먼저 네놈의 목을 치려 했는데 이렇게 네놈에게 먼저 당하고 말았구나."

일본 장수의 머리는 잘린 목에 가서 다시 붙으려 했어. 그 찰나 여인이 치마폭에 담아 온 마른 재를 그놈의 목에 뿌렸어. 그러자 머리가 목에 붙지 못하고 땅에 도로 떨어지고 말았지.

"아하, 억울하게 죽는구나. 그렇지만 너는 결국 내 손에 죽게 될 것이다."

일본 장수가 죽고 나자 그가 쓰던 칼이 드르륵 울더니 하늘로 날아갔어. 김응서가 여인을 데리고 떠나려 하자 여인이 말했어.

"내 뱃속에 든 애는 원수의 자식입니다. 이 애를 죽여 주십시오."

"어찌 나보고 그런 일을 하라는 거요?"

"나 하나 죽는 것은 문제가 안 됩니다. 지금 죽이지 않으면 훗날 하늘로 날아간 저놈의 칼이 돌아와 크나큰 우환이 될 것입니다. 빨리 저를 죽여 주십시오."

김응서는 어쩔 수 없이 칼로 여인의 배를 갈랐어. 그러자 일곱 달 먹은 핏덩이가 발가락을 비비며 이렇게 말했어.

"석 달만 있으면 우리 아버지 원수를 갚을 수 있었는데…." _ 강화군 화도면

2-8. 임경업 장군의 지략 ①—연평도 조기잡이

병자호란 때의 일이었어. 중국 사람들은 임경업 장군을 무서워해서 장군이 지키고 있는 백마산성을 피해 한양으로 곧바로 진격해 왔어. 놈들의 말발굽이 하룻저녁을 지나가니 길바닥이 바뀔 정도였지. 그렇게 무인지경으로 들어오더니 조선의 왕족과 궁녀는 물론 세자까지 볼모로 끌고 갔어. 임경업 장군이 이 사실을 알고 기가 막혀 하며 중국으로 잡혀간 세자를 다시 모셔 와야겠다고 생각했지. 하지만 군사들은 두려워 아무도 중국으로 가려고 하지 않았어.

임경업 장군은 꾀를 하나 내어, 군사들에게 이렇게 명령했어.

"양식을 실으러 가야 하니 인천에서 배를 띄우도록 해라."

배가 인천을 나와서 한참을 가자, 장군은 갑자기 뱃머리를 돌려 연평도를 향해 가기 시작했어. 중국으로 향한 것을 눈치챈 군사들은 죽으러 가는 길이라고 생각했어.

“야, 이거 큰일이다. 이 일을 어쩌냐?”

그러나 군사들은 장군의 지휘를 따를 수밖에 없었지. 이렇게 한참을 가던 중에 위급한 상황이 생겼어.

“장군님! 먹을 물이 없습니다.”

군사들이 마실 물이 동이 난 거지. 장군은 가만히 바다를 살펴보더니 말했어.

“조금만 더 가 보도록 하자.”

배가 어느 곳에 이르자 장군은 닻을 내리라고 명령했어. 그리고 그곳의 물을 퍼올리게 하자 짠 바닷물이 아닌 먹기에 알맞은 물이 올라왔어.

이렇게 위급한 상황을 해결하고 다시 여러 날을 가는 중이었어. 이번에는 군사들이 먹을 식량이 떨어져 버렸어. 장군은 연평도에 잠시 배를 정박하게 하고는 군사들에게 이렇게 명령했어.

“저기 가서 가시나무 가지를 하나씩 베어 오너라.”

군사들은 모두 영문도 모르고 가시나무 가지를 하나씩 베어 왔지. 장군은 군사들이 베어 온 가시나무를 바다에 죄다 꽂아 놓게 했어. 그랬더니 잠시 후 그 가지에 조기들이 걸리기 시작했고, 군사들은 그 조기로 식량문제를 해결할 수 있었어.

이런 우여곡절 끝에 임경업 장군이 연평도에서 처음으로 조기잡이를 발견한 셈이지. 그리고 사람들은 조기잡이를 나갈 때는 반드시 임경업 장군에게 제사를 지낸다고 해. _ 강화군 화도면

2-9. 임경업 장군의 지략 ②—귀가 한 치가 높아 싫구나

임경업 장군은 볼모로 잡힌 세자와 대군을 모시러 중국으로 갔어. 여러 우여곡절을 겪었지만 중국에서 세자와 대군을 순순히 내줄 리가 없었지. 그래서 그들과 세 번이나 싸움을 하게 되었는데, 임경업 장군이 모두 승리를 했어. 그러자 중국인들에게 임경업 장군은 더욱 두려운 존재가 되었어.

이때 중국의 공주 중 한 명이 임경업 장군에게 마음을 빼앗겨 버렸어. 그래서 그에게 시집을 가기 위해 관상을 보려고 임경업 장군을 궁으로 불렀어. 이 사실을 눈치챈 임경업 장군도 꾀를 냈어. 버선에 솜을 넣어 한 치만큼 돋워 신고 궁으로 들어간 거지. 그러자 임경업 장군의 관상을 본 공주가 아쉬워하며 이렇게 말했어.

"참 귀한 인물인데, 귀가 한 치가 높아 싫구나."

임경업 장군은 혼인을 모면했고, 결국 세자와 대군들을 모시고 무사히 조선으로 돌아오게 되었어. _ 강화군 화도면

2-10. 김상용의 충절

선원仙源 김상용金尚容은 참 재주가 많고 학식이 풍부한 사람이었어.

1641년 병자호란이 일어났을 때였어. 적군은 평양성을 함락시키고 한양으로 진격해 왔어. 그러자 김상용은 종묘를 모시고 빈궁과 원손을 수행하여 강화로 피난을 하게 되었어. 그는 작전을 써서 성 안에 병사들이 수만 명이 있는 것처럼 보이게 했어. 그리고 죽을힘을 다해 싸웠어. 그러나 수세에 밀린 장군은 패하고 말았지.

"장군, 병사들은 모두 죽었습니다. 지금 적군이 턱밑까지 쳐들어옵니다."

"이 나라 종묘와 원손을 지켜야 할 내가 책임을 다하지 못했구나."

김상용은 강화산성 남문 위에 남은 화약을 차곡차곡 쌓았어. 그리고 마지막으로 임금이 계신 북쪽을 향해 절을 올리고, 화약 위에 올라앉아 불을 붙였어. 그러자 하늘을 진동시키는 폭음과 함께 강화산성 남문은 순식간에 폭파되었어.

사람들이 김상용의 시신을 찾으려 했으나 아무것도 찾을 수가 없었어. 다만 강화산성 남문으로부터 한참 떨어진 곳에서 그의 신발 한 짝만을 발견했지. 사람들은 그의 넋을 기리기 위해 그 자리에 충렬사를 짓고 김상용의 비를 세웠어._ 강화군 강화읍

3부

암탉이 울어야 집안이 흥하는구나

3-1. 인조반정과 서좌수의 딸 ①—한양으로 갑시다

옛날에 이기축이라는 사람이 있었어. 그는 임진왜란으로 부모를 잃고 공주로 들어와 살게 되었어. 사람들은 그가 기축년 즈음에 태어났을 거라 짐작하고 이기축이라 불렀어.

세월이 흘러 이기축은 삼십이 가까운 나이가 되었어. 그는 공주의 큰 부자인 서좌수좌수는 조선시대 지방의 자치 기구인 향청의 가장 높은 직집에서 일을 해주며 근근이 살아가고 있었지. 하지만 그는 힘이 엄청난 장사인 데다 입이 무거워 믿음직스러웠어.

한편 서좌수에게 딸이 둘 있었는데, 큰딸은 나이가 차도록 시집을 가려 하지 않았어. 똑똑하고 인물이 좋아 모든 양반들이 탐을 냈지만 소용이 없었어. 그러니 서좌수는 걱정이 이만저만이 아니었지.

하루는 서좌수가 큰딸을 불러 물었어.

"너는 어찌 시집을 가려고 하지 않는 것이냐?"

"그런 것이 아닙니다."

"그런데 어찌 그 좋은 혼처를 모두 마다하는 것이야?"

"모두 제 눈에 차지 않습니다."

서좌수는 버럭 화가 치밀어 올랐지.

"그럼, 도대체 어떤 놈이 네 눈에 찬단 말이냐? 밖에서 일하고 있는 저 기축이란 놈이면 되겠느냐?"

큰딸은 힘이 장사인데다 입이 무거운 기축이를 평소 눈여겨 보고 있던 터라 '옳다구나!' 하고 이렇게 말했어.

"예, 아버님. 기축이와 혼인하겠습니다."

서좌수는 어이가 없었지. 집에서 부리는 놈을 사위로 삼다니, 세상 창피한 일이었지. 하지만 딸을 이길 수 없어 결국 기축이를 사위로 삼기로 했어. 서좌수는 딸과 기축이를 불러 놓고 이렇게 말했어.

"날 받고 잔치하고 할 것 없다. 그냥 오늘 저녁 물 떠다 놓고 혼례를 올려라."

기축이는 너무 당황하여 눈만 껌뻑이고 있었지.

"이 사실이 소문이 나면 내 꼴이 말이 아니다. 그러니 혼례를 올리고는 당장 어디로든 떠나거라."

서좌수는 이렇게 말하고 엽전을 지고 갈 수 있는 만큼 짊어지라고 했어. 기축이는 힘이 장사이니 엽전을 지게에 가득 짊어졌지. 색시가 기축이에게 말했어.

"한양으로 갑시다." _ 도봉구 수유동

3-2. 인조반정과 서좌수의 딸 ②—저도 양반이 되고 싶습니다

색시와 기축이는 서대문 밖 어디쯤에 집을 하나 샀어. 그리고 술장사를 하기 시작했어. 기축이는 술장사가 내키지 않았지만 색시가 하자는 대로 했지.

그 당시는 광해군을 몰아내고 능양군을 추대해서 임금으로 삼으려고 모의를 하는 사람들이 있었어. 그 인물들은 훗날 다 혁명공신이 될 사람이었지. 선비들은 비밀리에 산속을 다니며 모의를 하고 내려오다 기축이의 집을 들르게 되었어.

색시는 그들을 보자, '이분들은 보통 사람이 아니다. 이제야 서방님이 쓰일 때가 왔구나'라고 생각했어. 그래서 술집이라는 표시인 장명등長明燈을 떼어 버리고는 문을 닫아 걸었어. 그리고 정성을 다해 대접하며 술값도 받지 않았지. 선비들은 고마워했고, 곧 이곳을 그들의 비밀 장소로 삼았어. 한 번은 그들이 술값을 치르려 하자 색시가 말했어.

"술값은 그만두시고… 부탁이 있습니다."

"부탁이 무엇이냐?"

"저희 서방님이 조실부모하여 글을 배우지 못했습니다. 글을 좀 가르쳐 주십시오."

"글을 가르치다니? 일삼아 글 가르칠 사람이 없다."

"그렇게 가르쳐 달라는 것이 아니라, 아침저녁으로는 선비님들 일 보시고 식전과 저녁에만 가르쳐 주십시오."

"음, 그러자구나. 그럼 김류의 집이 제일 가까우니 그 댁으로 보내 보거라."

다음 날 색시가 기축이에게 『자치통감』資治通鑑*을 쥐여 주며 말했어.

"이 책을 갖고 가서 여기서부터 여기까지, 이 대목을 알려 달라 하십시오."

선비의 집에 도착한 기축이가 책을 내밀었지. 그러자 선비가 호통을 쳤어.

"이놈아. 글이라는 것은 하늘 천, 땅 지부터 배워야지. 이것은

* 중국 송나라의 사마광(司馬光)이 영종의 명에 따라 펴낸 중국의 편년체 역사서.

경서를 읽은 뒤에나 읽을 수 있는 책이다."

그래도 기축이가 책을 펴고 말했어.

"색시가 여기서부터 여기까지 알려 달라고 합니다."

선비는 깜짝 놀랐어. 그것은 한漢나라의 곽광霍光이라는 사람이 창읍왕을 몰아내고 효성황제를 추대하는 내용이었어. 선비는 기축이를 얼른 돌려보내고는 동지들을 불렀어.

"큰일났소. 술장사하는 년이 보통 인물이 아닌 듯하오. 우리가 하는 일을 다 알고 있으니, 어찌 해야겠소?"

"소리 없이 죽여 버리든지, 아니면 우리 편으로 합치든지 둘 중 하나요."

선비들은 기축이 집으로 몰려가 색시에게 물었어.

"그대의 의도가 무엇이오?"

"선비님들 하시는 일에 저희 서방님이 힘이 되었으면 합니다. 그리고 저도 양반이 되고 싶습니다."

색시의 말을 들은 선비들은 기축이를 자기 편으로 받아들였어. 기축이가 힘이 장사이고 입이 무거우니 선비들이 하는 일에 큰 역할을 하게 되었지. 그래서 반정이 성공한 후에 기축이는 삼등 공신이 되고 색시는 정경부인의 품계를 받게 되었어. _ 도봉구 수유동

3-3. 백정 남편 양반 만들기 ①—백정 아들 글을 배우다

어느 고을에 인심이 좋은 백정이 있었어. 워낙 사람이 착하고 백정 노릇을 잘해서 부자가 되었어. 그 백정에게는 아들이 있었는데, 예닐곱 살이 되더니 글을 배우겠다고 고집을 부렸어.

"백정의 신분으로 글을 배우겠다니, 너는 목숨이 몇 개라도 되느냐? 애비가 백정이면 자식도 백정인 게야, 이놈아."

하지만 아들이 자꾸 보채니 백정은 할 수 없이 서당을 찾아가서, 무릎을 꿇고 엎드렸지.

"무슨 일로 그러는 게냐?"

"저는 천한 백정입니다. 제게 자식이 하나 있는데, 백정 놈의 자식이 감히 글을 배우겠다고 합니다. 이것이 죄가 아니고 무엇이겠습니까?"

훈장은 백정의 딱한 사정을 듣고 아들을 서당으로 보내라고 했어. 백정의 아들은 글방에는 들어가지 못하고 방 밖에서 배우게 되었지. 하지만 공부를 한 지 3년이 지나자 양반 자식이 10년을 배운 것보다 훨씬 앞서갔어.

어느 날 과거를 본다는 방이 붙자, 백정의 아들이 아버지에게 말했어.

"아버지, 한양으로 과거를 보러 가겠습니다."

"아이고. 네가 과거를 보면 우리는 결국 다 죽는다."

하지만 자식 이길 부모가 어디 있겠어? 이번에도 아들은 아버지를 이겼지. 그래서 노자를 두둑이 챙겨 마치 한양 구경을 가는 것처럼 꾸몄어. 그러고는 동문들의 뒤를 멀찍이 떨어져 따라갔지.

한양에 도착해 어느 주막집에 묵게 되었어. 과거 보는 날 아침에 주막집의 아낙이 밥을 하러 나오더니 여러 선비들에게 이렇게 말했어.

"여기서 주무신 분들 중에서 분명히 장원 급제할 분이 있습니다."

"자네가 어찌 아는가?"

"어제저녁 꿈을 꿨는데 밥솥에서 청룡, 황룡이 하늘로 올라가는 걸 봤습니다. 이런 대몽이 어디 있습니까?"

백정의 아들이 가만히 생각해 보니, 그 밥솥의 밥을 먼저 먹으면 과거에 붙겠다는 생각이 들었어. 어떻게 하면 밥을 먼저 먹을까 궁리를 한 끝에, 편지를 써서 봉투에 넣었어. 그러고는 문턱에 앉아 주막집 아낙에게 "아주머니, 편지를 붙여야겠는데 밥알 좀 주시오"라고 했어. 아낙은 주걱으로 밥을 푸는데 밥을 한 알만 줄 턱이 없지. 결국 백정의 아들은 다른 사람보다 먼저 밥을 먹게 되었어. 실력도 실력이지만 운도 덧붙었던 거지.

백정의 아들은 과연 장원 급제를 했어. 하지만 시험지에 토반 여러 대를 이어서 그 지방에서 붙박이로 사는 양반 아무개 아들이라고 써서 동문들은 아무도 그가 장원 급제를 했다는 사실을 알지 못했어. 한편 상시관 조선시대 과거 시험의 시관(試官) 가운데 우두머리를 이르던 말 이었던 영의정은 백정의 아들을 눈여겨보고 자신의 사위로 삼았지. 백정의 아들은 승지의 자리까지 오르게 되자 아버지에게 어떻게 이 소식을 전해야 할지 고민이 되었어. _ 남양주군 미금읍

3-4. 백정 남편 양반 만들기 ②—메밀묵을 좋아한다고 하시기에

어느 날 백정의 아들은 심복 하인을 시켜 고향에 있는 서당으로 편지를 보냈어. 훈장은 편지를 받고 제자의 성공이 기쁘면서도 앞으로의 일이 걱정이었어.

한편 백정 아비는 몇 해가 지나도 아들이 돌아오지 않자 서당에 와서 말했어.

"아들이 죽었는지 살았는지 알 수가 없으니 제가 직접 한양엘 가 봐야겠습니다."

훈장은 어쩔 수 없이 백정에게 자초지종을 말했어. 그리고 백정의 아들에게는 곧 아버지가 찾아갈 것이라고 편지를 해줬어. 백정의 아들은 훈장의 편지를 받고는 깊은 고민에 빠졌어. 아버지를 만나면 곧 신분이 들통날 것이고, 그렇다고 아버지를 만나지 않을 수도 없는 노릇이었지.

하루는 하인을 불러 이렇게 말했어.

"이 길로 나가서 얼마쯤 가다 보면 패랭이 쓴 노인이 있을 것이다. 그를 만나거든 불문곡직하고 잡아다 옥에 가두어라."

하인은 백정을 잡아 가두었어.

밤이 되자, 백정의 아들은 색시가 잠들기를 기다렸다 몰래 옥으로 가서 아버지를 만나려 했어. 색시는 안절부절못하는 남편이 수상쩍어 잠든 척을 했지. 그리고 남편이 문을 나서자 그 뒤를 따라갔어.

"아버지 오셨습니까?"

"아유, 네가 죽지 않고 살아 있구나."

"아버지, 우리 근본이 탄로 나면 모두 죽습니다. 내일 옥문을 열어 줄 것이니 내려가십시오."

"너를 봤으니 죽어도 여한이 없다. 그래, 난 내일 내려갈 테니 걱정 마라. 참, 네가 좋아하던 메밀묵을 가져왔으니 이거나 좀 먹어 보렴."

아들은 아비가 주는 메밀묵을 먹지 않을 수가 없어 한 입 베어 먹었어. 그러나 그것이 목으로 넘어가질 않았지. 한 입 베어 먹고 나머지는 창문 밖으로 던지고, 또 한 입 베어 먹고 나머지는 창문 밖으로 던졌어. 색시는 밖에서 치마를 벌리고 그 묵을 받았어.

잠시 후 남편이 방으로 돌아오자 색시는 묵을 잘 쳐서 갖은 양념을 해서 차려 왔어.

“서방님이 메밀묵을 좋아한다고 하시기에….”

남편은 깜짝 놀라 말했어.

“내가 메밀묵을 좋아하는 걸 어떻게 알았소?”

어쩔 수 없이 남편은 자초지종을 모두 털어놓았어. _ 남양주군 미금읍

3-5. 백정 남편 양반 만들기 ③—버들잎을 훑다*

그 길로 색시는 옥으로 가서 시아버지를 모시고 왔어. 그리고 시아버지를 벽장에 숨겨 두고 밤마다 양반의 말과 행동을 가르쳤어. 서너 달이 지나자 시아버지는 양반 노릇을 곧잘 하게 되었어.

시골로 돌아간 백정은 얼마 후 양반 행세를 하며 아들을 다시 찾아왔지. 사돈이 오자 영의정은 큰 잔치를 열었어. 모두 술이 얼큰해졌을 때, 어떤 친척이 백정에게 물었어.

"사돈은 시골에서 뭘 하십니까?"

"버들잎을 훑소."

* 백정은 키나 버들고리 같은 것을 만드는데, 아마 백정의 일 중에 버들을 사용하여 필요한 도구를 만들어서 백정을 상징하는 말이 된 듯하다. 사람이 죽을 때까지 버릇을 버리지 못한다는 뜻으로 '백정이 버들잎 물고 죽는다'라는 속담도 있다.

그 순간, 모든 사람의 얼굴이 사색이 되었어. 이 말은 곧 자신이 백정이라는 고백인 거지. 영의정은 백정과 백정의 아들 그리고 딸을 그 자리에서 바로 쫓아내 버렸어. 결국 세 사람은 겨우 목숨만 부지한 채 시골로 가게 되었어.

신분은 비록 백정이었지만 집안은 참 부자였어. 이번에도 색시가 꾀를 냈어. 시아버지인 백정의 재산을 다 팔아 다른 동네로 이사를 했지. 거기서 양반집처럼 툇마루가 높은 집을 구하고 땅도 이천 평쯤 샀어. 그 땅을 파서 연못을 만드는데, 못 주위에는 수십 년 묵은 버드나무를 심고 금붕어도 키웠지. 그리고 그 못에 배를 띄워 타고 다니면서 밥을 훌훌 뿌렸어. 그러면 금붕어들이 올라와서 밥을 물어 가곤 했어. 이렇게 버릇이 든 금붕어들은 이제 버들잎을 훑어 던져도 전부 뛰어오르며 야단들이었지.

그렇게 몇 년이 지나고 색시가 한양의 친정아버지에게 편지를 했어.

“상놈 집으로 시집간 년이 무슨 편지를 하느냐?”

라며 친정아버지는 편지를 보려고 하지 않았어. 하지만 친정어머니가 편지를 보니 이렇게 적혀 있었어.

“자식이 상놈이면 어찌 아버지를 부르겠습니까? 일가친척 아저씨 여러분과 같이 한 번 다녀가십시오.”

어머니의 귀띔에 친정아버지는 생각했어.

'도무지 알 수가 없네. 버들잎 훑는다는 소리는 도저히 양반이 하는 소리가 아닌데….'

여러 날을 고심한 끝에 친정아버지는 사촌형제 몇 사람과 작심을 하고 딸의 집을 찾아갔어. 고을 입구에 이르러 사람들에게 사돈집을 물으니 모두가 훌륭한 양반이라며 모르는 사람이 없었어. 이제 백정은 양반으로 흠 잡을 데가 없었고, 사돈들을 극진히 대접했어.

며칠이 지나고, 백정이 이렇게 말했어.

"사돈들, 이 앞에 연못이 있는데, 배를 타고 놀면 아주 좋습니다. 오늘 거기로 놀러 나갑시다."

한양에서 온 사돈들은 연못에서 배를 타고 노는 것을 아주 좋아했어. 백정은 '이때다!' 하고 수양버들 늘어진 것을 훑어서 물에다 던졌지. 그동안 버릇이 잘 든 금붕어들이 뛰어올라 와 버들잎을 물고 들어갔어. 그러자 영의정을 비롯한 다른 사돈들도 백정을 따라 버들잎을 훑어 던졌어. 바로 그때를 놓치지 않고 백정이 말했어.

"날 보고 버들잎 훑는다고 그러시더니, 사돈들은 저보다 더 잘 훑습니다."

그러자 민망해진 사돈들은 이렇게 말했어.

"아이구, 이런 버들잎인지 몰랐습니다. 하하하." _ 남양주군 미금읍

3-6. 글공부를 시킨 아내들 ①—첫날밤을 치르려면

옛날에 서당 뒤꽁무니도 모르는 일자무식인 놈이 살고 있었어. 그러나 모아 둔 돈이 좀 있었던 터라 가난한 양반집 딸을 신부로 얻게 되었지. 첫날밤이 되자 신랑은 색시의 손을 덥석 잡으며 끌어당겼어. 그런데 신랑은 일만 하던 사람이라 그런지, 손이 더덕 같은 것이 거칠기가 짝이 없었어. 신부는 깜짝 놀라 신랑의 손을 뿌리치며 말했어.

"당신의 손은 너무 거칠어서, 지금은 도저히 잡을 수가 없습니다."

"도대체 무슨 말이오?"

신랑이 당황해하며 묻자 신부가 말했어.

"서방님, 글은 좀 읽으셨소?"

"아니오. 나는 서당 뒤꽁무니도 간 일이 없소."

"제가 지금 글을 한 짝 외우면 서방님은 그 글의 대구를 채워 보십시오. 그러기 전에는 저의 손을 잡을 수 없을 것입니다."

색시가 당차게 이런 말을 하니 어쩔 수가 있나? 신랑은 첫날 밤도 치르지 못할까 걱정이 되어 얼른 물었어.

"그럼, 무슨 글로 할 거요?"

"백구비비白鷗飛飛 파만경波萬頃 사십리砂十里."*

신랑은 밤이 새도록 궁리를 했지만, 워낙에 일자무식인지라 답을 할 수가 없었지. 결국 신랑은 공부를 하기 위해 집을 떠나기로 했어. 색시에게 걸맞은 남편이 되기 위해서라도 공부를 해야 한다는 생각이 들었던 거지. 색시는 징표로 옷고름 한쪽을 뜯어 주며 말했어.

"서방님이 대구를 지어 돌아오시는 날 이 옷고름도 함께 보여 주십시오. 그 전에는 문을 열지 않겠습니다."

신랑은 어느 절로 들어가 밤잠도 안 자고 3년을 공부했어. 그는 총명하긴 했던지 제법 글을 지을 수 있게 되었어. 그러던 어느 날 뒷간에 앉았는데 두견새 우는 소리가 들렸지. 그러자 갑자기 색시의 글에 알맞은 대구가 떠올랐어.

* 흰 갈매기가 나니 파도가 치고 모래가 끝이 없구나.

"두견제杜鵑啼 두견제杜鵑啼 월명화일지月明花一枝."*

신랑은 대구를 생각해 낸 자신이 기특해서 방에 들어가서도 자꾸 외워 보았어.

"두견제 두견제 월명화일지."

그때 방문 밖을 지나던 중놈이 이 소리를 듣고는 물었어.

"아, 무슨 글인데 혼자서 그렇게 소리를 내는 거요?"

그러자 신랑은 첫날밤에 글을 몰라 색시에게 창피를 당한 얘기를 들려주었어. 이야기를 들은 음흉한 중놈은 그날 밤 색시가 있는 집으로 한걸음에 달려가 문 밖에서 신랑인 척하고 말했지.

"부인, 내가 돌아왔소."

색시는 문을 잠근 채.

"그럼 밖에서 글을 한번 해보시오."

"두견제 두견제 월명화일지."

"당신은 아니오. 제 서방님이 아니오. 당장 돌아가시오."

중놈이 옷고름을 보여 주지 않자, 색시는 신랑이 아닌 것을 알았던 거지. 중놈은 아무 말도 못하고 그 집을 나오다가 피를 토하며 그만 죽고 말았어. 남의 공든 탑을 빼앗으려다 천벌을 받은 거지.

* 두견새가 우니 두견새가 우니 달은 밝고 꽃은 한 가지로구나.

한편 신랑은 글을 되풀이해 외우는데 한 일一 자가 계속 마음에 들지 않았어. '꽃이 왜 한 가지뿐이겠는가' 하고 더 잘 맞는 대구를 계속 생각했지. 날이 밝아 올 무렵이 되어,

"두견제杜鵑啼 두견제杜鵑啼 월명화만지月明花萬枝."*

라는 구절을 생각해 냈어. 신랑은 기쁜 마음으로 한걸음에 색시가 있는 집에 당도해, 옷고름을 문틈으로 넣고 대구를 외웠어. 그제야 색시는 문을 열어 주었지. 색시의 지혜로 신랑이 공부를 하게 된 이야기야. _ 도봉구 수유동

* 두견새가 우니 두견새가 우니 달은 밝고 꽃은 만 가지로구나.

3-7. 글공부를 시킨 아내들 ②—벼슬을 못 한 막내사위

옛날에 양반이라고는 하나 벼슬 한 번 한 적 없는 집안의 사람이 장가를 들었어. 돈깨나 있는 집안의 막내사위였지. 장모는 막내사위가 벼슬도 없고 집안도 보잘것없어 늘 불만이었지. 하루는 장모가 사위들을 불러 음식 대접을 하게 되었어.

"사위들이 모두 와서 아주 기분이 좋구나. 닭이나 잡아 저녁에 술이나 한 잔씩 자시도록 해야겠다."

사위들은 바깥사랑채에 모여 담소를 하고 있었어. 그때 부엌에서는 술을 빚고 떡을 하며 음식을 장만하느라 정신이 없었어. 그런데 그때 삶아 놓은 닭을 고양이가 그만 물어뜯어 버렸어. 하인은 고양이가 먹다만 닭을 들고는 장모에게 말했어.

"마님, 아이 큰일났습니다. 사위님들 드리려던 닭 한 마리를 고양이가 뜯어 버렸어요. 어찌 할까요?"

"언제 또 잡겠냐? 그건 막내사위에게나 주어라. 고양이가 뜯었지만 그걸 알 수나 있겠냐?"

그런데 막내딸이 그만 이 말을 들어 버렸어. 막내딸은 사랑방으로 건너가서 남편을 급히 불렀어.

"집으로 갑시다."

"아, 왜 그러시오?"

"갑시다. 가서 다 얘기할 것이니."

집에 도착한 후 딸은 남편에게 자초지종을 말했어.

"이런 수모를 당하다니 견딜 수가 없습니다. 이 모든 것은 당신이 벼슬을 하지 못했기 때문입니다."

그날부터 부인은 남편을 방에 앉히고 글을 배우게 했어. 남편은 나이 삼십이 다 되어 공부를 하니 여간 힘든 게 아니었어. 그러자 부인은 남편의 상투를 끈에 묶어 천장에 매달았어. 꾸벅꾸벅 졸면 잡아당기곤 했지. 그리고 남편이 그날 배운 것을 통달해야 잠을 자게 했어. 마침내 남편은 고생 끝에 과거를 합격해 병조판서라는 자리까지 오르게 되었어. 모든 것이 부인의 뼈를 깎는 내조 덕분이었지. _ 인천시

3-8. 글공부를 시킨 아내들 ③—사십 문장

한양 사는 사람 중에 김정승이 있었어. 그는 나이가 들어 파직을 하자 팔도강산을 구경하며 손녀사위를 구하기로 작정했어. 하루는 전라도 해남을 가서 한 고개를 넘어가는 중이었어. 예의도 바르고 인물이 참 좋아 마음에 썩 드는 도령을 만났어. 김정승은 그 도령을 손녀사위로 삼기로 하고 혼인을 약속한 후 한양으로 올라왔지.

그러나 도령의 집안에서는 근본도 모르는 사람과 혼처를 정한 것을 못마땅해했어. 그래서 도령의 아버지는 궁리 끝에 자신의 아들 대신 윤가라는 사람을 보내기로 했어. 윤가는 부모도 없이 서른 살 먹도록 남의 집에 살고 있는 사람이었지.

이윽고 혼례를 올리는 날이 되었어. 김정승은 집에 도착한 신랑을 보고 깜짝 놀랐어. 신랑이 자신이 본 그 도령이 아니었던 거야. 김정승의 집안에서는 그 신랑을 보고 집안 망신이라며 노발대발했어. 하지만 김정승은 먼 곳의 도령을 다시 찾아갈 수도 없어 이러지도 저러지도 못하고 참 난처했어. 그때 손녀가 조용히 말했어.

"이것도 제 복이고 제 운명입니다. 제가 여기에 오래 있으면 사람들 입에 오르내리게 될 터이니 다른 곳에 가서 살겠습니다."

혼례를 치른 후 두 사람은 바로 시골로 내려갔어. 색시는 신랑에게 말했어.

"당신은 이제부터 글을 배워야 합니다. 깊은 산속의 절에 가서 10년 동안 공부를 하고 와야 저와 살 수 있습니다. 저도 길쌈을 해 서방님을 뒷바라지할 것입니다."

신랑은 꽃 같은 색시의 말을 듣지 않을 수 없었지. 글을 처음부터 배워야 하니 10년 안에는 집에 갈 수가 없었어. 절에서 집까지는 10리쯤 되는데, 달 밝은 밤이면 신랑은 집 근처까지 가서 색시를 멀리서 보곤 했어.

드디어 10년이 지나 윤가가 돌아오자 이번에는 3년 동안 활쏘기를 익히도록 했어. 이제 윤가는 학문이 뛰어난 것은 물론이고 백발백중의 활쏘기 실력을 갖게 되었지.

모든 것이 준비되자 과거를 보기 위해 한양으로 간 윤가는 처갓집에 들러 묵게 되었어. 그러나 처남들은 윤가를 보더니 집안 망신이라며 그만 창고에 가둬 버렸어. 과거 날이 이틀 앞으로 다가오자 윤가는 창고 안에서 어쩔 줄을 몰랐지. 다음 날 아침 장모는 창고에 갇힌 사위가 안쓰러워 몰래 밥을 갖다 주러 왔어.

"장모님, 저 문 좀 열어 주시오. 바람 좀 잠깐 쐬고 올라요."

창고를 나온 윤가는 급히 명주에다 글을 쓰기 시작했어. 그리고 백발백중의 실력으로 그 글을 시험장에 활로 쏘아 보냈어.

마침내 윤가의 글이 장원 급제가 되었지만, 나라에서는 그 사람을 찾지 못해 난리가 났어. 그날 시험감독이었던 장인도 장원 급제한 사람을 찾지 못하면 목이 달아날 지경이었어. 그러나 사위의 성조차 모르니 장원 급제한 사람이 자기 사위인 줄은 더더욱 모를 수밖에. 노심초사하는 장인의 모습을 보고, 장모가 조심스레 물었어.

"그 글을 쓴 사람의 이름이 뭡니까?"

"이름은 없고 윤가라고만 적혀 있었소."

장모는 그 말을 듣고 깜짝 놀라 사위의 성이 윤가라는 것을 말해 주었어. 그제야 장인은 모든 사실을 알게 되었지. 지혜로운 부인 덕에 윤가는 나이 사십이 되어 과거에 급제한 후에 '사십문장'四十 文章이라는 이름을 얻게 되었어. _ 도봉구 미아동

3-9. 글공부를 시킨 아내들 ④—글이 좋긴 좋구나!

옛날에 조실부모하고 갈 곳이 없는 도령이 있었어. 먹을 것이 없으니 남의 집에 가서 머슴살이를 하며 겨우 먹고 살았지. 나이가 서른이 되었을 무렵, 도령은 그동안 모아 둔 돈을 밑천으로 장가를 가게 되었어. 색시는 매우 지혜로운 여자였고 도령에게 이렇게 말했어.

"자고로 사람은 좀 배워야 해요."

그날부터 도령은 서당을 다니게 되었지. 훈장님에게도 나이가 서른이나 된 사람을 가르친다는 것은 참 난처한 일이었어. 한 글자씩 가르쳐서는 시간이 너무 많이 걸리는 거지. 그래서 한 글자씩이 아니라 한 문장씩 가르치기로 했어.

첫날 배운 문장은 '삼인위덕'三忍爲德으로 세 번 참으면 덕이 이루어진다는 뜻이었어. 도령은 글을 배우는 것이 너무 재미있었어. 시간 가는 줄 모르고 글을 읽다가 밤늦게 집으로 돌아왔어.

집으로 돌아와 보니 색시가 잠이 깊게 들었는지 문을 열어 주지 않았어. 도령은 화가 나서 문을 부수고 들어가려 했어. 그런데 문득 오늘 배운 '삼인위덕'이라는 글이 생각났어. 가만히 생각해 보니 차마 문을 부술 수가 없었지.

그는 수숫대에 줄을 해서 담을 넘어 들어갔어. 그리고 뒤꼍으로 가, 종이로 바른 뒷문에 구멍을 뚫고 손을 내다 밀어서 문 걸쇠를 떼어냈어. 방문을 열고 들어서자마자 색시에게 호통을 치려 했어. 그때 또 '삼인위덕'三忍爲德이라는 글이 생각났어. 이제 두 번을 참은 셈인 거지.

불을 켜 보니 색시가 웬 중하고 이불을 덮고 둘이서 곤히 자고 있었어. 도령도 이건 도저히 참을 수가 없어 부엌으로 가서 칼을 가지고 왔어. 그러나 세 번까지 참으라는 글이 생각났지. 경솔할 수는 없고, 거기다 사람을 죽이는 것은 만만한 일이 아니었어. 담배를 한 대 피우며 곰곰이 생각을 하고 있는데 색시가 잠에서 막 깨어났어.

이제 도령이 색시의 말을 들어보는 거야. 사실 같이 자고 있던 그 중은 색시의 사촌 여동생으로 젊은 나이에 남편을 잃고 중이 되었던 거였어. 자초지종을 다 들은 도령은 무릎을 치면서 말했어.

“야, 글이 좋긴 좋구나! 내가 글을 못 배웠더라면 오늘 큰일을 저질렀을 텐데. 색시 덕에 글을 배워 큰 화를 면했구나.” _ 의정부시 가능동

3-10. 소금장수는 양반 아닌가요?

옛날에 소금장수가 아들을 하나 뒀어. 아들은 아버지가 하는 소금장수의 일을 물려받고 싶지 않았어. 그래서 마을 서당에서 머슴살이를 하며 귀동냥으로 글을 익혔지. 그렇게 몇 해를 지낸 아들은 과거를 치를 수 있을 정도로 실력이 쌓였어.

그는 아버지 몰래 과거를 보기 위해 한양으로 올라갔어. 주막에 앉아 선비들과 어울려 문답을 하며 과거 날을 기다렸지. 마침 주막 옆을 지나던 정정승에게는 글도 잘 짓고 외모도 출중한 소금장수의 아들이 유독 눈에 띄었어. 정정승은 그를 당장 사위로 삼고 싶은 마음에 과거도 보기 전에 서둘러 혼인날을 잡았어. 다급한 마음에 당연히 양반집 아들일 것이라 믿고 어느 집안의 아들인지 알아볼 생각도 하지 않았지. 아들은 자신의 혼인날이 잡히자 고향에 있는 아버지에게 이 사실을 알렸어.

소금장수는 어찌된 영문인지 알지 못했지만 아들이 좋아하는 멍벅떼기를 쒀 가지고 서둘러 한양으로 올라갔어. 오랜만에 만난 부자는 너무나 반가웠어. 아버지는 남의 눈을 피해 아들을 뒷마당으로 데리고 갔지. 그리고 가지고 온 멍벅떼기를 아들에게 먹이며 말했어.

"네가 좋아하는 것인데 그동안 얼마나 먹고 싶었냐?"

"아부지, 요즘 소금은 잘 파시오?"

"그럭저럭하다."

사돈 될 사람을 찾아 뒷마당으로 나온 정정승은 두 사람의 대화를 듣고 말았어. 정정승은 노발대발하며 소금장수와 아들을 바로 쫓아내 버렸어. 그런데 정정승의 딸은 소금장수의 아들이라도 신랑감이 아주 마음에 들었어. 궁리 끝에 정정승의 딸이 하인들을 불러 이렇게 말했어.

"너희들은 아버지 진짓상 차릴 적에 간장도 치지 말고, 소금도 치지 말고 일체의 간을 하지 말고 그냥 드려라."

정정승이 밥상을 받았는데 음식에 간이 안 되어 있으니 얼마나 맛이 없겠어? 정정승은 수저를 탁 하고 내려놓으며 화를 냈어. 그러자 옆에서 지켜보던 딸이 이렇게 말했어.

"아버님, 소금 없이 음식을 먹을 수가 없지요? 소금장수는 많은 백성에게 꼭 필요한 소금을 구해 줍니다. 그러면 소금장수도 양반 아닌가요?"

지혜로운 딸은 아버지를 설득했고, 결국 혼사를 치르고 잘 살게 되었어. _ 강화군 길상면

3-11. 아버님, 눈이 자꾸 옵니다

예전 어느 마을에 진사가 살고 있었어. 그에게는 아들이 있었는데 늘 먹고 노는 것만 좋아했어. 그러니 아들이 장가갈 나이가 되었는데도 누구 하나 딸을 주려는 사람이 없었지. 진사는 할 수 없이 혼처를 구하는 방을 붙였어. 그런데 그 마을에 가난한 양반이 살고 있었는데, 그에게는 아주 영리한 딸이 있었어.

하루는 딸이 아버지에게 말했어.

"소문을 들으니 진사댁에서 며느리를 구한다고 하는데, 제가 그 집으로 시집을 가겠습니다."

"그 양반은 진사 벼슬을 했는데, 우리 같은 가난한 양반집에서 거기로 시집가서 살 수가 있겠느냐?"

"걱정 마세요. 제게 방도가 있어요."

혼처를 구하던 진사는 아들이 장가만 갈 수 있다면 몰락한 양반의 딸이라도 문제가 되지 않았어. 하지만 은근히 무시하는 마음은 있었지. 바로 날짜를 정하고 혼례 준비를 시작하자, 가난한 양반은 걱정이 되기 시작했어.

"애야, 형편이 이러니 혼수로는 뭘 준비해야 할지 걱정이구나."

"아버님, 다른 것은 다 그만두고, 새 칼하고 새 도마, 새 보자기만 준비해 주세요."

딸은 혼수로 딱 그것만 준비해서 시집을 갔어.

혼례를 올린 후 첫번째 제사를 지내게 되었어. 진사는 제사 며칠 전부터 제수를 준비하면서 이런저런 불평을 늘어놓기 시작했어.

"아버님, 왜 그러세요?"

"가난한 처지에 제사나 제대로 지내봤겠느냐? 너는 상관 말고 네 일이나 하거라."

"아버님, 저희 집에서는 제수를 준비할 때는 이런저런 말을 하지 않아야 한다고 들었습니다."

진사는 가난한 집 딸이라고 며느리를 은근히 무시했다가 망신을 된통 당한 거였지. 그리고 제삿날이 되었어. 며느리는 시어머니에게 말했어.

"어머님, 젯메쌀제사 때 올릴 밥을 지으려고 마련한 쌀을 주세요."

"젯메쌀이 어디 따로 있니? 뒤주에서 매일 먹던 쌀 좀 덜어 지으면 되지."

"저희 집은 그렇지 않습니다. 젯메쌀을 따로 두었다가 볕에 잘 말려 사용합니다."

시어머니는 며느리를 못 이겨 결국 새 쌀을 몇 되 내놓았어. 그러자 며느리는 시집올 때 가져온 새 보자기를 폈지. 볕에서 시어머니와 며느리가 두 귀퉁이를 마주 들고 앉아서 쌀을 아주 깨끗하게 잘 말렸어.

저녁이 되자 며느리가 또 이렇게 말했어.

"어머니, 새 도마와 새 칼을 주세요."

"부엌에서 쓰던 도마와 칼을 쓰면 되지 않니?"

"저희 집에서는 제사 때 아무것이나 함부로 쓰지 않습니다. 새 도마, 새 칼이라야 합니다."

며느리는 가져온 새 칼과 새 도마를 사용해 제사를 잘 지냈어.

시간이 흘러 동짓달 어느 날이었어. 눈이 펑펑 쏟아지기 시작했지.

"아버님, 눈이 옵니다."

"겨울이면 눈이 오지. 뭔 대수냐?"

"저희 집은 그렇지 않습니다. 눈이 오면 사당 앞의 단 위로 올라가서 반드시 눈을 쓸어야 한다고 들었습니다."

며느리의 성화에 못 이겨 시아버지는 사당에 올라가 눈을 쓸었지. 그런데 눈이 또 오기 시작하는 거야. 그러자 며느리가 다시 말했어.

"아버님, 눈이 자꾸 옵니다."

눈을 쓸고 나니 또 오고 쓸고 나니 또 오고. 진사 체면에 몰락한 양반의 딸이라고 얕봤다가 두 손 두 발을 다 들 수밖에 없었어. 그러니 진사는 이렇게 말했어.

"얘야, 양반이고 뭐고 다 그만둬라. 난 너 하라는 대로 할 테다."

진사의 집안은 지혜로운 며느리로 인해 점점 잘살게 되었대.

_ 의정부시 호원동

4부

부자가 되는 방법도 가지가지

4-1. 글짓기와 부자 되기 ①—글을 한번 지어 봐라

옛날 옛적 한양에 한 정승이 살았어. 그는 사람들에게 글을 짓게 하고 그것으로 장래에 어떻게 살게 될 것인지를 얘기하곤 했어. 정승은 아들은 없고 딸 셋만 뒀는데 그 딸들을 모두 좋은 곳으로 시집보내고 싶었지. 그러니 하루는 딸들을 불러 놓고 이렇게 말했어.

"내가 운을 띄울 테니 글을 한번 지어 봐라. '질'!"

큰딸이 대답했어.

"천상보川上洑: 개울 근처의 논에 물을 대기 위한 수리 시설 안에 낚시질."

그러자 정승은 무릎을 치면서 말했어.

"천상보 안에서 낚시질은 보통 돈 많고 벼슬하는 사람들이 하는 것이지. 너는 재상에게 시집을 가겠구나."

이번엔 둘째딸이 대답했어.

"만호장안萬戶長安: 집이 썩 많은 서울에 갈구리질."

정승이 또 무릎을 탁 치면서 말했어.

"참 좋다. 갈구리질은 부자가 돈을 끌어들일 때 하는 일이지. 앞으로 시집을 가서 부귀영화를 누리겠구나."

두 사람의 대답을 들은 막내딸은,

"만홍 각촌장판萬紅 角村壯板: 갖가지 붉은 아주 두꺼운 장판지로 바른 장판에 한량질"

이라고 했어. 정승은 양반집 딸의 입에서 무슨 소리냐고 노발대발이었어. 그래서 하인을 시켜 막내딸을 동대문 밖 숯쟁이에게 줘 버렸지. 결국 막내딸은 숯쟁이와 혼인하게 되었어. 그리고 두 사람은 이런 말을 서로 주고받았어.

"나는 밥을 하고 당신은 숯을 구워, 그것을 팔아 차차 부자가 되는 게 어떻겠습니까?"

"색시가 하자면 뭐든 좋소이다."

깊은 산 속에서 숯쟁이는 숯을 굽고 막내딸은 밥을 하며 살게 되었어.

하루는 막내딸이 점심을 해서 숯을 굽는 곳까지 가져갔는데 무심코 숯가마 속을 들여다보았어. 거기에서 이상한 것을 발견했는데, 숯가마의 기둥 두 개와 이맛돌이 누런 황금이었어. 막내딸은 숯쟁이에게 이렇게 말했어.

"저 숯가마의 기둥 두 개와 이맛돌을 빼서 집으로 옮기세요."

"아니, 그걸 빼다니. 내가 딱 맞는 것을 골라 옮기느라 열흘품이 걸렸소. 힘이 얼마나 많이 들었는데, 그걸 빼란 말이오?"

"다 되는 수가 있어요."

숯쟁이가 금덩이를 지고 오자 이번에는 돌을 지고 와서 노적을 쌓게 했어. 그리고 황금 이맛돌 하나를 제일 위에다 올려놓았지. 일을 모두 끝내자 두 사람은 아무 일도 없었다는 듯 다시 숯을 구우며 지냈어. _ 남양주군 미금읍

4-2. 글짓기와 부자 되기 ②—글 하나는 참 잘 지었구나!

한편 막내딸이 사는 마을에 욕심 많은 천석꾼이 살았어. 하루는 천석꾼의 눈에 저 멀리 산 위로 번쩍거리는 금덩이가 보였어. 그곳이 숯쟁이의 집인 걸 알아낸 천석꾼은 숯쟁이를 불러 이렇게 말했어.

"우리 집의 천석 노적을 너의 집 문 앞의 돌 노적과 바꾸자."

"그건, 제 마음대로 못합니다. 집에 가서 마누라에게 물어봐야 합니다."

집으로 돌아온 숯쟁이가 이 말을 전하자 막내딸이 말했어.

"바꾸세요. 대신, 먼저 벼 천 석을 우리 집으로 가져온 후 돌 노적을 가져가라고 하세요. 혹시 벼 한 섬이라도 도로 내리는지 잘 살펴보시구요."

이튿날 숯쟁이는 천석꾼에게 달려갔어.

"샌님, 천석 노적을 먼저 우리 집으로 옮긴 후에 돌 노적을 가져가시지요."

그러자 천석꾼은 일꾼을 죄다 불러 천석 노적을 숯쟁이네로 옮기도록 했어. 그리고 모두 주려니 미련이 남는지 이렇게 말했어.

"섭섭하니 맨 꼭대기 한 섬은 광에 갖다 두어라."

이 사실을 전해들은 막내딸이 말했어.

"그럼, 우리도 꼭대기에 있는 이맛돌을 내려 윗방에 갖다 놓으면 되겠네요."

이렇게 해서 결국 천석꾼은 돌무더기만 받고 금은 구경도 못하게 되었지. 숯쟁이는 막내딸 덕에 고래 등 같은 집을 짓고 안팎으로 하인까지 두고 잘살게 되었어.

세월이 흘러 세 딸을 모두 시집보낸 정승은 벼슬도 잃고 아내까지 죽어 살길이 막막해졌어. 그는 부잣집으로 시집간 큰딸을 찾아갔지. 그런데 사위는 '천상보 안에 낚시질'은 고사하고 벼슬도 없이 강가에 앉아 낚시질만 하고 있었어. 오히려 큰딸이 바느질품, 방아품을 팔아 겨우 연명하는 처지였던 거지.

"이상하구나. 우리 큰딸이 글을 잘 지었는데…."

정승은 하는 수 없이 둘째딸을 찾아갔어. 그 집에 도착하니 사위가 오두막집에서 갈구리로 생선을 찍어 팔고 있었어. 정승은 무릎을 치며 탄식했어.

"아이구, 갈구리로 돈을 쓸어 담을 줄 알았더니…."

문득, 정승은 동대문 밖 숯쟁이에게 줘 버린 막내딸이 궁금해졌어. 여러 날, 여러 달을 수소문 끝에 겨우 찾아보니, 막내딸은 풍경을 단 고래 등 같은 집에서 부자로 살고 있었어. 아버지를 보자마자 막내딸은 반갑게 맞아 아주 극진히 모셨지. 정승은 막내딸의 집에서 완자지창만(卍) 자 모양의 창살이 있는 창과 각촌장판이 있는 방에 호랑담요를 깔고 누워 이런 생각에 잠겼어.

'우리 막내딸이 예전에 글 하나는 참 잘 지었구나! 허허, 내가 글을 잘못 지었다고 쫓아낸 것이 부끄럽게 되었네.' _ 남양주군 미금읍

4-3. 벼락부자가 된 이야기

부자가 되는 방법에는 여러 가지가 있겠지만, 이도 저도 아닌, 어쩌다 되는 경우도 있어.

어떤 사람이 살림이 몹시 어려웠어. 그래서 하루가 걸리는 먼 길을 걸어 처갓집을 찾아갔어. 장모가 그런 사위의 행색을 훑어보고는 하인에게 이렇게 말했어.

"밥 남은 것 없느냐? 어서 저녁 차려 드려라."

남은 밥과 반찬으로 상을 차리라는 말이지. 마침 그때 이웃의 잘사는 사위도 처갓집을 찾아왔어. 그러자 이번엔 장모가 이렇게 말했어.

"어서 밥도 새로 짓고 닭도 잡아라."

그러자 가난한 사위는 너무 섭섭한 생각이 들었지.

'에잇, 안 먹고 말겠다. 이놈의 처갓집에서는 아무것도 안 받

겠다.'

슬그머니 집을 나와 발길 닿는 대로 걸었어. 하루 종일 굶은 데다 빈손으로 집에 돌아가야 하니 맥도 풀렸어. 그러다 어느 강가를 지날 때 무엇엔가 걸려 넘어지게 되었지.

"이런 제길, 되는 일이 없군. 근데, 이게 도대체 뭐야?"

남자가 발목에 걸린 줄을 쑥 빼서 팽개치려다 말고 깜짝 놀랐어. 자세히 들여다보니 그것은 줄로 엮어 놓은 엽전 꾸러미였어. 남자는 눈앞이 갑자기 환해졌어. 모래를 파 보니 엽전 꾸러미가 줄지어 나왔어. 그는 우선 가져갈 만큼만 짊어졌지. 그리고 나머지를 다시 덮어 두고 표시를 잘 해뒀어.

남자는 집에 도착하자마자 아내에게 엽전을 건네주며 아주 신이 나서 말했어.

"이 돈으로 어서 밥상을 차려 보게."

남자는 밥을 실컷 먹고는 영문을 몰라 하는 아내를 끌고 모래사장으로 갔어.

"당신, 얼마나 짊어질 수 있소?"

부부는 돈을 잔뜩 짊어지고 집으로 갔어. 다음날은 아들까지 데리고 가 모래사장을 아주 깊이 파 보았어. 그랬더니 풍랑을 만나 모래에 파묻힌 배가 있더라는 거야. _ 인천시

4-4. 바보인지 영특한 건지

옛날에 둘째가라면 서러워 할 만큼 세상 게을러빠진 아들이 있었어. 그는 아랫목에 가서 밥 먹고 윗목에 등을 대고, 윗목에 가서 밥 먹고 아랫목에 등을 대고 누웠지. 참다 못한 어머니가 부잣집에서 짚을 한 단 얻어다 새끼를 꼬게 했어.

"그렇게 놀지만 말고 새끼나 좀 꼬아라."

아들은 새끼를 한 발, 두 발, 세 발을 꼬고는 그것을 헤아리기를 밤새 수백 번 했어. 아들의 새끼 세는 소리를 들은 어머니는

"쟤가 얼마나 많이 해 놓고 저렇게 세나?"

라고 했지. 이튿날 달랑 세 발인 것을 알고는 어머니는 기가 막혔어. 도무지 아들이 바보인지 영특한 건지 알 수가 없었어.

"이놈아, 도대체 어쩌자는 거냐? 네가 꼰 새끼를 가지고 나가 밥이나 빌어먹어라."

아들은 생각이 있는지 없는지, 새끼 세 발을 가지고 순순히 집을 나왔어. 얼마쯤 길을 가는데 동이 장사를 만났어.

"여보시오. 총각! 그 새끼 나 주오. 내가 새끼가 모자라 동이를 암만해도 깨뜨리기 십상이오. 그 새끼를 주면 동이를 하나 주겠소. 어떠오?"

총각은 새끼와 바꾼 동이를 옆구리에 끼고 가고 있었어. 한참을 가는데 물 길러 온 새댁이 덤벙대며 가다가 동이를 그만 깨뜨리고 말았어. 새댁은 그냥 집으로 들어가면 욕을 먹을 것이 뻔하니.

"총각, 그 동이 나한테 파시오. 내가 쌀 한 말 줄게."

총각은 쌀 한 말을 걸머지고 또 길을 갔어. 한참을 가는데 이번에는 어느 집에서 울음소리가 들려 왔어. 총각은 무슨 일인가 하고 들여다봤지. 어떤 할머니가 딸의 주검을 앞에 두고 서럽게 울고 있었어.

"할머니, 이왕에 죽은 사람을 두고 울기만 하면 어떡합니까? 갖다 묻으셔야죠."

"파묻을 사람도 없소."

"할머니, 그럼 이 쌀을 드릴 테니 밥을 해서 잡숫고 계시오. 딸은 내가 묻어 드리리다."

총각은 할머니에게 쌀 한 말을 주고 이제 송장을 끌고 가는 거지. 얼마쯤 가다 보니 큰 기왓집 근처에 우물이 하나 보였어. 그리고 곧 사방을 분간하기 어렵게 날이 어두워졌지. 총각은 무슨 생각인지 작대기를 구해 송장을 받쳐 우물 옆에 세워 놓았어. 그리고 뭔가를 기다리듯 가만히 숨어서 보기 시작했어. 잠시 후, 그 동네 부잣집 딸이 우물에 물을 길러 왔어. 그리고 송장에게

"얘, 너 어디서 왔니? 왜 거기 서 있어?"

라고 물었지만, 송장이 대답을 할 리가 있나. 그러니 부잣집 딸은

"이 기집애가 벙어리인가?"

하고는 작대기를 툭 쳤어. 그랬더니 송장이 우물로 풍덩 빠졌겠지. 기다린 듯, 그때 숨어 있던 총각이 뛰어나와서는 소리쳤어.

"아이구, 내 색시를 우물에 빠뜨려 죽였다. 이 일을 어쩌냐?"

그렇게 난리를 치니, 부잣집에서 할 수 없이 총각에게 딸을 주고 말았어.

색시를 얻어 총각은 길을 가고 있었어. 맞은편에서 어떤 사람이 소등에 돈을 두 바리나 싣고 오고 있었지. 그 사람은 색시가 천하일색이니 총각에게 말을 걸었어.

"수수께끼를 내서 내가 지면 돈을 다 주겠소. 만일 총각이 지면 그 색시를 나에게 주구려."

돈 가진 사람이 먼저 문제를 내게 되었어.

"등도 날 같고 날도 등 같은 게 무어요?"

"그건 참빗이오."

돈 가진 사람이 이런 식으로 세 번이나 문제를 냈는데 총각은 다 알아맞혔어.

"그럼, 이제 내가 문제를 내겠소. 새끼 세 발, 동이 하나, 쌀 한 말, 죽은 처녀, 산 처녀가 무어요?"

총각은 자기가 한 일을 수수께끼로 낸 거지. 이렇게 물으니 어떻게 맞힐 수 있겠어? 돈 가진 사람은 당연히 맞힐 수가 없었고 돈만 다 빼앗기고 말았지. 총각이 바보인지 영특한 건지 도대체 알 수가 없지만, 부자가 되었고 고향으로 가서 아주 잘 살았다는 이야기야. _ 강화군 길상면

4-5. 저 정도면 농사지을 만한가요?

옛날 어떤 시골에 한 선비가 살았어. 식구가 많아서 근근이 지내는 형편이었지. 어느 날은 먹을 것이 똑 떨어졌어. 선비는 사흘을 굶더니 부잣집으로 도둑질을 하러 갔어.

선비가 부잣집의 광에 들어가 쌀자루를 짊어지는데, 막걸리 익는 냄새가 코를 찔렀어. 그는 '도대체 술이 어디 있나?' 하고 둘러보았어. 한쪽 구석에 술항아리가 보였지. 선비는 단박에 술 몇 잔을 들이켰어. 빈속이니 취해 버리고 말았고 훔친 쌀자루를 지고 일어나려다 너부러져 그만 잠이 들고 말았어.

아침이 되자 부잣집 며느리가 쌀을 가지러 광에 왔어. 자고 있는 선비를 보고는 얼른 뛰어나가 시아버지께 일렀지.

"아버님, 어떤 사람이 광에서 쌀자루를 베고 있습니다."

시아버지는 선비를 불러들였어.

"죽을죄를 지었습니다. 애들은 많고 먹을 것이 없어서…."

"그렇다고 어찌 도둑질을 하는 거요?"

"사흘을 굶으니 죽을 지경이 되어서… 원래 도둑질은 한 번도 한 적이 없습니다."

"참 이상한 일이오. 훔쳤으면 빨리 갈 일이지, 어찌 자고 있었소?"

"막걸리 냄새가 어찌나 좋던지, 그만 홀려 마셨더니…."

사연을 들은 부자 영감은 혼을 내기는커녕 쌀가마니를 소에 실려 선비의 집까지 가져다주게 했어. 그런 고마운 사람이 어디 있겠어? 그러니 선비가 마음속으로 '이 은혜를 언제라도 꼭 갚아야겠다'고 다짐을 했지. 그런 은혜를 받은 선비는 어떻게든 먹고 살기 위해 발버둥을 쳤어. 그래서 산골로 들어가 임자 없는 산을 일궜지. 그러자 차츰 살림이 불어나 소를 두 마리나 먹이게 되었어.

한편 그 부잣집은 이상하게 살림이 기울더니, 농사를 지을 소 한 마리도 없는 형편이 되었어. 어느 날 부자 영감은 생각했어.

'무명 몇 필을 팔아서 농사지을 소나 한 마리 장만해 가지고 와야겠다'

그는 팔도를 돌다가 산골에 있는 선비의 집까지 가게 되었어. 여러 해가 지났으니 은혜를 베푼 사람이야 알 턱이 없지만 은혜를 받은 사람은 정확하게 얼굴을 기억하는 법이지.

'야, 은혜를 갚아야겠다고 했더니 이제야 그 부자 양반을 만나게 되는구나'

라고 선비는 생각했고, 영감에게 대접을 잘 했어.

"어떻게 이 산골짜기까지 오시게 되었소?"

"우리가 괜찮게 살았는데 어찌된 일인지 살림이 그만 기울었소. 그리고 농사지을 소 한 마리도 마련할 힘이 없게 되었지 뭐요. 그래서 무명을 팔아서 소 한 마리 장만하려고 이렇게 돌아다니는 거요."

선비는 영감을 외양간으로 데리고 가서는 소 한 마리를 가리키며 말했어.

"저 정도면 농사지을 만한가요?"

"그 정도면 농사야 짓고도 남지요. 그런데, 어찌 그러시오?"

"그럼, 저 소를 가지고 가시오."

"어찌 이걸 제게 주는 것이오?"

"저는 몇 해 전, 당신네 광에서 쌀을 훔치다 쌀자루를 베고 잤던 사람이오. 언제든 은혜를 갚으려고 마음먹고 있었는데 오늘에야 만났소이다."

가난한 선비에게 베풀었던 복이 다시 영감에게 돌아온 거지.

_ 의정부시 가능동

4-6. 콩나물죽만 먹은 이야기

옛날에 어떤 사람이 아들 형제를 뒀어. 큰아들이 살림을 다 차지하니 작은아들은 혼인을 했지만 먹고살 길이 없었어. 그러니 작은아들 내외는 산골에 가서 움막을 하나 짓고서 결심을 했어.

"우린 젊은 나이니까 10년 동안 하루 세끼를 콩나물죽만 먹으면서 무조건 모읍시다."

그러자 마누라가 물었어.

"만약 시댁이나 친정에서 우릴 보러 오면 어찌할까요?"

"친가에서 오면 내 몫을 대접하고 내가 굶을 것이니, 처가에서 오면 당신이 굶고 대접하는 게 어떻소?"

두 사람은 그렇게 약속을 하고 살았어. 산을 파고, 모를 심고, 곡식을 심고 땅을 일구며 뭐든지 했어. 그러나 먹는 것은 오직 콩나물죽뿐이었지. 콩나물죽만 먹고 돈이 모이면 무조건 땅을 샀어.

어느 날, 아버지는 작은아들이 꽤나 잘산다는 소문을 듣게 되었어. 그 소문이 진짜인지 알아보려고 작은아들집을 찾아갔지. 그런데 아들이 상을 들고 오는데 콩나물죽 한 그릇뿐이었어. 다음 날 아침에도 역시 콩나물죽 한 그릇뿐이었지. 그래 놓고는 작은아들은 모른 척하고 마당만 쓸고 있었어. 아버지는 '이놈이 내가 미워서 이러나 보다'라는 생각을 했지만 집으로 돌아와서는 아무 말도 하지 않았어. 하지만 작은아들이 부자이면서 아버지를 푸대접 하더라는 소문은 금방 퍼졌어. 마침 그 고을을 지나던 암행어사가 소문을 듣고 작은 아들을 혼내 주어야겠다고 생각했어.

그러는 사이에 움막을 짓고 산 지 10년이 되었어. 작은아들은 그동안 하지 못했던 효도를 하기로 했지. 밥을 짓고 닭을 잡아 그것들을 짊어지고 아버지가 계신 집으로 향했어. 아버지는 콩나물죽만 주던 작은아들이 밥과 닭을 가져오자 깜짝 놀랐어. 아버지와 같이 있던 암행어사가 작은아들에게 물었어.

"일전에 아버지가 당신 집에 갔을 때는 괄시를 했다더니, 오늘은 닭까지 잡아온 그 이유가 뭔지 궁금하오."

작은아들은 그동안의 이야기를 모두 들려주었어.

"우리 내외가 정착을 하면서 약속을 했습니다, 10년 동안 콩나물죽을 쒀 먹고 우리도 부자로 살아보자고요. 어저께가 바로 10년이 되는 날이었습니다. 그래서 바로 이렇게 아버지를 뵈러 왔습니다."

이야기를 다 들은 암행어사는 아버지를 보고 이렇게 말했어.

"당신이 아들 집에 이틀만 더 묵었으면 큰일날 뻔했소. 콩나물죽을 하루 세 끼씩 먹고 사는 사람을 이틀 굶기면 어찌 되었겠소? 굶어 죽는 수밖에 더 있겠소? 하하하."

부자가 되는 여러 가지 방법이 있겠지만, 콩나물죽만 먹고 부자가 된 이야기야. _ 인천시

4-7. 소금 서 말의 복을 가진 아내

옛날에 이진사라는 양반이 있었어. 가난했지만 양반 행색에 하인은 두고 살았지. 그런데 희한하게도 이진사의 부인도 태중이었고 그 집 하인네도 태중이었어.

이진사의 아내가 산달이 되었을 무렵이었어. 이진사가 볼일을 보고 오는 중에 날이 어두워 산중의 어느 쌍분묘 가운데에서 자게 되었어. 가물가물 막 잠이 들었을 때쯤 이진사의 귀에 귀신들의 소리가 들렸어.

"오늘 이진사네 집에 아이를 낳았는데, 이진사 아들에겐 쌀 한 되도 안 될 복을 주고 하인의 딸에게는 소금 서 말의 복을 주었다네."*

* 10되가 한 말. 서 말이면 약 54리터.

그날 밤 이진사의 아내와 하인의 아내, 둘 다 아이를 낳았던 거지. 아들을 낳았으나 아들을 볼 때마다 이진사는 귀신들의 말이 떠올라 마음이 복잡했어.

세월이 흘러 이진사의 가세는 점점 더 기울었어. 그는 고민 끝에 아들을 하인의 딸과 혼례를 올리게 하면 밥은 굶지 않을 것이라는 생각을 했어. 양반 체면에 말이 아니었지만 울며 겨자 먹기의 심정으로 혼례를 치렀어. 그리고 아들에게 신신당부를 했지.

"어떤 일이 있어도 너의 처를 버려서는 안 된다."

하지만 아들은 하인의 딸이 탐탁지 않았어. 그래서 날마다 아내를 내보내라고 야단이었어. 복을 제 발로 차 버리는 것인 줄도 모르고 말이야.

결국 하인의 딸은 집에서 쫓겨나게 되었지. 집을 나온 하인의 딸은 발길 닿는 대로 정처없이 길을 갔어. 어느 날 산속을 이리저리 헤매다 다 쓰러져 가는 오두막집 한 채를 발견했어. 그 집에는 머리가 흰 노파와 총각이 살고 있었는데, 두 사람은 숯을 팔아 겨우 먹고 사는 처지였어. 그러니 총각은 스무 살이 되도록 장가를 못 간 형편이었지. 총각의 어머니가 하인의 딸을 붙잡고 사정했어.

"색시, 우리 며느리가 되어 주면 안 되겠소?"

마땅히 갈 데 없는 하인의 딸은 결국 총각과 물 한 그릇 떠 놓고 예를 올렸어.

하루는 하인의 딸이 숯쟁이 남편에게 점심을 갖다 주러 집을 나섰어. 산을 올라가다 보니 숯 구운 자리가 여러 군데 보였는데 한 곳의 색깔이 유난히 달라 보였어. 이리저리 자세히 훑어 본 하인의 딸은 그것이 금 덩어리라는 것을 알아차렸어. 그래서 숯쟁이 남편을 보고 말했지.

"당신, 내려올 때 저기 숯가마에 있는 돌 한 짐만 지고 오세요."

꽃 같은 아내가 시키니 숯쟁이 남편은 말을 들을 수밖에. 돌을 한 짐 잔뜩 지고 오니 하인의 딸이 또 이렇게 말했어.

"내일은 아침을 먹고 이걸 지고 한양으로 가세요."

"이 돌멩이를 누가 사겠소?"

"그런 걱정은 마시고, 제값만 쳐 달라 하세요. 임자가 있어 잘 팔릴 겁니다."

이튿날 숯쟁이는 돌을 지고 몇날 며칠을 걸어가서 한양에 도착했어. 날이 저물 무렵이 되자, 좋은 옷을 입고 긴 장죽잘게 썬 담배를 피울 때 사용하는 담뱃대로 설대가 긴 것을 가진 양반이 오더니 이렇게 말했어.

"오늘 한양 장안에 참 좋은 물건이 났구나."

"좋은 물건이 뭡니까?"

"아, 자네가 가져온 생금덩이보다 더 좋은 게 어디 있나? 그래 값을 얼마나 줄까? 말하게."

"그저 제값만 쳐 주시면…."

"그래. 그럼, 이천 냥 주지."

숯쟁이 남편이 이천 냥이라는 소리를 듣고 깜짝 놀라 우물쭈물하자 양반이 다시 말했어.

"아, 적어? 그럼 사천 냥을 줌세."

숯쟁이 남편은 사천 냥을 들고 집으로 돌아왔어. 소금 서 말의 복을 가진 하인의 딸을 얻은 덕에 부자가 되어 잘살게 된 거지. 그럼, 아내를 내쫓은 이진사의 아들은 어떻게 되었냐고? 쌀 한 되도 안 되는 제 복대로 살았겠지. _ 도봉구 수유동

4-8. 있던 복, 없던 복

옛날에 짚신을 팔아서 먹고사는 사람이 있었어. 그에게는 아들 삼형제가 있었지. 때는 섣달그믐쯤이었어. 짚신 스물댓 켤레를 삼아 가지고는 장엘 갔는데 거기서 우연히 둘도 없는 친구를 만나게 되었지.

"자네, 몰골이 왜 이 모양인가?"

"말을 말게. 자식이 여섯이나 되니 먹고사는 것이 여간 힘든 게 아니네. 밥이라고는 한 달에 겨우 두어 번 정도밖에 못 먹네."

그 말을 들은 짚신장수는 짚신을 판 돈을 친구에게 다 줘 버렸어. 그러고 나자 집에 갈 일이 걱정이었어.

'에라, 짚신 판 돈을 남에게 다 줬으니 무슨 면목으로 집엘 들어가나?'

그는 개울가에 웅크리고 앉아 작은아들에게 주려고 미리 사두었던 댕기만 만지작거렸어. 그런데 그때 개울물에 커다란 표주박 하나가 떠올랐어. 짚신장수가 하릴없이 표주박을 툭 밀었어. 그러자 한참 있다가 다시 또 올라오는 거야. 물은 내려가지만 표주박은 계속 짚신장수 앞에 떠올랐어. 대여섯 번을 밀쳐 내도 저만치 내려갔다 되돌아오곤 했어.

"야, 이거 희한한 표주박이다."

짚신장수는 어디에 쓸 데가 있을지도 모르겠다는 생각이 들어 표주박을 가지고 집으로 돌아왔어. 그러고는 표주박에 댕기를 담아 부뚜막 위에 놓아두었어.

아침이 되자 부엌으로 들어간 마누라가 표주박과 댕기를 발견했어. 마누라가 표주박에서 댕기를 꺼내는데 똑같은 댕기가 또 하나 생겼어. 꺼내면 또 생기고 꺼내면 또 생기고 수도 없이 생기는 거야. 아이들은 댕기를 고르느라 정신이 없었어.

그 소란에 일어난 짚신장수는 가만히 생각을 해 봤어. 그래서 표주박 속에 댕기 대신에 엽전을 넣어 봤지. 그리고 하룻밤을 자고 일어나 보니 역시나 돈이 자꾸 자꾸 나오는 거야. 무엇이든 넣었다가 꺼내면 똑같은 것이 나오는 표주박이었어. 짚신장수는 요술 표주박 덕에 부자가 된 거지.

세월이 흘러 짚신장수는 아들 셋을 혼례도 시키고 땅과 집을 골고루 나누어 주었어. 그런데 아들 셋이 땅도 싫고 집도 싫고 표주박을 달라고 욕심을 부리기 시작했어.

"아버지, 제가 첫째이니 표주박은 당연히 제 것입니다."

"아버지, 다른 건 다 싫고 표주박만 주슈."

"아버지, 표주박은 제가 가질 거요."

이렇게 서로 옥신각신하자 짚신장수는 고민에 빠졌어.

"아비는 늙었고 너희들은 표주박만 보면 싸우니 이 일을 어쩌냐? 어쩔 도리가 없구나. 저 담 밖에 가서 손을 들고 있거라. 내가 안에서 던지면 빨리 잡는 사람이 임자다."

아들 셋은 담 밖으로 나가 손을 벌리고 서서 표주박이 날아오기만을 기다렸어. 잠시 후, 아버지가 표주박을 힘껏 던졌지. 그런데 이게 웬일이야? 공중에서 기러기가 날아와 표주박을 홱 채어 날아가 버렸지 뭐야. 그것을 지켜보던 아들 셋은 입을 쩍 벌린 채 아무 말도 할 수 없었어. 표주박을 서로 가지려고 싸우다 그만 아무도 가질 수 없게 된 거지. 욕심 없이 내것을 내주면 부자가 되기도 하지만 욕심을 부리면 있던 복도 날아가 버리는 법이야. _ 강화도 화도면

4-9. 빌려 쓴 복

옛날에 한 가난한 나무꾼이 살았어. 날마다 땔나무 두 짐을 해다 놓으면 꼭 한 짐이 없어지는 거야. 그러니 가난에서 벗어날 길이 없었어. 도대체 어찌된 일인지 답답한 노릇이었어.

"내 팔자가 어떻길래 이렇게 되는 일이 없는 걸까? 오늘은 도대체 나무가 어디로 사라지는지 꼭 알아내야겠다."

그날 밤 나무꾼은 해다 놓은 땔나무 속으로 들어가 숨어 있었어. 한밤중이 되자 갑자기 땔나무가 흔들리더니 하늘로 올라가기 시작했어. 나무꾼은 숨을 죽이고 가만히 있었지. 얼마나 올라갔을까? 한참을 올라가다가 어디쯤 되자 땔나무가 멈추었어. 그곳은 옥황상제가 사는 하늘이었어.

나무꾼은 땔나무 속에서 조심조심 기어 나왔어.

"네 이놈, 너는 누구냐? 어찌 나무 더미 속에서 나오느냐?"

나무꾼이 고개를 들어보니, 옥황상제가 눈앞에 있었어.

"제가 날마다 땔나무 두 짐을 해 놓으면 한 짐이 없어집니다. 어찌된 일인지 알아보고 싶어 여기까지 올라왔습니다."

"너는 이 세상에 태어날 때 가진 복이 딱 하루에 나무 한 짐이다. 그래서 그런 것이니 그만 내려가거라."

"이 세상에 태어났으면 먹고는 살아야 하지 않습니까? 이렇게는 도저히 살 수가 없으니 제발 먹고살 방도를 가르쳐 주십시오."

"방법이 없는 것은 아니다. 남의 복을 빌려 쓰고 나중에 반드시 돌려줘야 하는데, 그래도 좋으냐?"

"예, 좋습니다. 하루라도 배불리 살 수 있다면 괜찮습니다."

"지금 너에게 주려는 복은 13년 후에 태어날 유차복이라는 아이의 복이다. 13년 후에는 네가 가진 것을 모두 돌려줘야 한다. 그때 너는 다시 어렵게 살게 될 것이고."

"아무래도 좋습니다."

그 일이 있은 후, 나무꾼은 땔나무 두 짐을 해 둬도 없어지지 않았어. 그리고 무슨 일이든 잘되더니, 13년이 되자 고래 등 같은 집을 짓고 땅도 많은 부자가 되었어. 그러나 다른 사람에게는 몰라도, 나무꾼에게 13년이라는 세월은 너무 쏜살같이 지나갔어.

13년이 되는 날이었어. 나무꾼이 답답한 마음에 담배만 뻑뻑 피고 있는데, 대문 밖 노적가리 속에서 소곤소곤 이야기하는 소리가 들렸어. 예전에 땔나무가 없어지곤 했기 때문에 나무꾼은 지레 겁을 먹고 생각했어.

'아, 벌써 노적가리부터 없어지는구나'

나무꾼은 가까이 다가가서 노적가리 속에서 나는 소리를 가만히 들어보았어.

"남의 노적가리를 빌려 아이를 낳았으니, 이름을 빌릴 차借, 복 복福 자를 써서 차복이라고 합시다."

"그럼, 유차복이 되는 거네요?"

나무꾼은 '유차복'이라는 말에 깜짝 놀랐어.

'이제 내 복도 끝이구나'

이렇게 걱정을 하던 나무꾼에게 문득 좋은 생각이 떠올랐지. 유차복이란 아이가 자기 집 안에 있는 한 자기가 가진 복은 없어지지 않을 것이라고 말이야. 그러고는 모른 척하고 말했어.

"아, 거기에 웬 사람들이오?"

"저는 빗장수인데, 마누라가 산기産氣가 있어 노적가리에서 어린애를 낳았소이다."

"아이고, 들어오시게. 추운 데서 그러고 있으면 되겠는가?"

나무꾼은 아이와 빗장수 내외를 따뜻한 방으로 들어오게 했어. 그리고 미역국을 끓여 먹이고 정성을 다해 돌보았지. 다음 날이 되어 빗장수가 떠나려 하자 나무꾼은 며칠 더 머무르라며 붙잡았어. 그리고 열흘이 지나 빗장수가 미안해하며 다시 떠나려 하자 또 붙잡았어. 그렇게 한 달이 지났지.

"신세 잘 졌습니다. 이제 어린아이를 데리고 그만 떠나겠습니다."

나무꾼은 펄쩍 뛰며 빗장수에게 말했어.

"나가는 게 뭐요? 이 엄동설한에 그건 안 될 말이오. 걱정 말고 여기서 묵으시오. 나도 예전에 어렵게 살아봐서 당신 형편을 잘 알고 있소. 이제 정도 들고 헤어지기도 섭섭하니 여기서 서로 도우며 삽시다."

나무꾼은 자기 집 뒷마당에 집을 마련해 빗장수를 살게 했어. 그는 빌려 쓴 유차복의 복도 갚고 그 덕으로 자기도 잘살 수 있게 되었지. _ 강화도 화도면

5부

이런저런 사연으로 점을 치는 사람

5-1. 국수와 부침개

옛날에 뭐든 잘 알아맞히기로 유명한 장님점쟁이가 있었어. 하루는 제자들을 데리고 길을 가던 중에 날이 어두워졌지. 그는 어느 집의 문을 두드리며 말했어.

"날이 저물어 찾아왔으니 하룻밤만 신세지고 갑시다."

주인은 밤이 늦어 대접할 것이 마땅치가 않아 부인에게 밀가루를 내어 주며 국수를 하라고 했어. 그러고는 장님점쟁이가 얼마나 잘 알아맞히는지 시험해 보고 싶었지.

"점을 잘 치신다고 들었습니다. 제가 밤참을 시키고 나왔는데, 무엇이 나올지 한 번 알아맞혀 보시구려."

장님점쟁이는 주인의 의도를 알아차렸지만 제자들에게 먼저 기회를 줬어. 그러자 제자들이 한참을 손가락을 꼽았다 폈다 하더니.

"뱀 사巳 자가 나옵니다. 국수 같은데…."

주인은 속으로 '와, 신통하구나!' 하고 놀라워했어. 그러나 장님점쟁이는 고개를 절레절레 흔들며.

"국수가 아니고 부침개로군."

그러자 주인은 '장님점쟁이가 용하다고 하더니 제자들보다 못하구먼'이라고 생각했어.

바로 그때 부인이 음식을 가지고 들어오는데 국수가 아니고 정말 부침개가 나왔어. 국수를 하라고 한 주인은 깜짝 놀라 장님점쟁이에게 물어보았어.

"제자들은 국수라 했는데, 당신은 어째서 국수가 아니라고 했소?"

"제자들이 미처 헤아리지 못한 것이 있소. 뱀 사자도 낮이냐 밤이냐에 따라 다른 법이오."

낮에 뱀 사巳 자가 나오면 국수를 뜻하는 것인데 뱀이 국수처럼 몸을 길게 해서 다니는 것이기 때문이지. 그리고 밤에 뱀 사자가 나오면 밤에는 뱀이 똬리를 틀고 있기 때문에 부침개라는 거야. 주인은 무안해하며 부인에게 물었어.

"내가 분명히 국수를 하라 했는데, 자네는 어째서 부침개를 했는가?"

"급히 서두르다 보니, 반죽이 너무 질어져서 할 수 없이 부침개를 했지요."

"와! 점치는 솜씨가 참으로 용하십니다."

점괘도 때에 맞게 풀기를 잘 풀어야 용한 점쟁이인 거야. _ 의정부 가능동

5-2. 유서방네 소가 먹은 명주

어느 장님점쟁이에게는 친구가 한 명 있었어. 하루는 그 친구가 명주 한 필을 잃어버렸는데 아무래도 찾을 수가 없었어.

"그래, 이 친구가 점을 잘 치니 가서 물어보면 되겠군."

하고는 점쟁이를 찾아갔어. 그런데 점쟁이는 어디를 갔는지 없고 제자만 있었어.

"점을 치러 왔더니 안 되겠구나."

"아, 무슨 점인지요? 제가 한번 쳐보겠습니다."

"네가 점을 친다고? 그래. 한번 맞혀 보아라. 내가 명주 한 필을 잃어버렸는데 어디 뒀는지 도무지 알 수가 없구나."

제자는 점치는 산가지 일곱 개를 세 번 흔들고 뽑아서 그것을 합하고 빼더니 괘를 뽑아 이렇게 풀었어.

"유서방네 소가 먹었어요."

"예끼, 이놈아. 소가 명주를 어떻게 먹는단 말이냐?"

친구는 제자에게 그렇게 핀잔을 주고 집으로 돌아갔지. 가는 길에 마침 점쟁이를 만났어.

"너희 집에 다녀오는 길이다. 근데 너는 제자를 어떻게 그렇게 가르쳤는고?"

친구는 그렇게 말을 하고는 제자에게 점을 치게 한 이야기를 들려주었어.

그러자 점쟁이는 길에 앉아 친구의 점을 다시 쳤어. 산가지 일곱 개를 세 번 흔들고 뽑아서 그것을 합하고 빼더니 점괘를 뽑아 이렇게 풀었어.

"너희 집에 북통 매달아 놓은 데가 있느냐? 가서 북통 속을 들여다봐라."

친구는 곧바로 집으로 돌아와 매달아 놓은 북통 속을 뒤졌어. 거기엔 정말 잃어버린 명주가 떡하니 들어 있었어. 친구는 명주를 들고 급히 점쟁이를 다시 찾아가서 말했어.

"자네 참 용하군. 그런데 네 제자는 어떻게 북통 속에 든 것을 소가 먹었다고 한 게야?"

"점이란 것은 괘를 뽑는다고 해서 다 되는 것이 아닐세. 풀기를 잘 풀어야 하는 것이지. 북통은 소가죽에 버드나무를 대어 만든 것이니, 소 우牛 자와 버들 유柳 자를 풀어 유서방네 소가 먹었다고 한 것일세."

참으로 점괘는 풀기를 잘 풀어야 한다는 이야기인 거지. _ 인천시

5-3. 소나무와 차돌로 뽑은 점괘

옛날 어떤 장님점쟁이가 산을 넘어가다 그만 길을 잃고 말았어. 점쟁이는 배도 고픈데 주변에 사람이 있는지 없는지도 알 수가 없었어. 지팡이로 여기저기를 더듬어 보았지만 길을 찾을 수도 없었어. 그래서 점을 쳐볼 요량으로 차돌 하나를 집어 힘껏 던졌지. 그러자 딱하고 소나무에 맞는 소리가 났어. 점쟁이는 소나무와 차돌을 조합해 점괘를 뽑더니 '송차돌'이라는 이름을 큰소리로 냅다 불렀어. 마침 근방을 지나는 어떤 사람이 부리나케 쫓아왔지.

"어째서 남의 아들 이름을 간절하게 부르는 게요?"

"뉘시오?"

"나는 당신이 방금 부른 송차돌의 애비요."

"당신 아들 이름이 점괘에 나와서 불렀소."

송차돌의 아버지는 점쟁이의 이야기를 듣고 생각했어.

'참, 신기한 일이구나. 어째서 우리 아들 이름이 나왔을까?'

그는 아무래도 이상한 생각이 들어 점쟁이를 자기 집으로 데리고 갔어.

"당신 점에 아들 이름이 나오다니 아무래도 이상하오. 장사하러 간 아들에게 별일이 없는지 점 좀 쳐 주시오."

점쟁이는 가만히 앉아 집에서 나는 소리를 듣고는 점을 치기 시작했어.

"큰일이오. 만약 당신 아들이 오늘 돌아온다면 급사를 당할 것이오."

"무슨 방도가 없소? 어찌하면 좋겠소?"

점쟁이가 막 말을 하려는 순간 때마침 아들이 집으로 돌아왔지. 그때 며느리가 방에서 뛰어나오며 아들을 아주 반갑게 맞았어. 하지만 송차돌의 아버지는 불안한 마음에 아들의 손을 끌고 급히 점쟁이가 있는 방으로 들어갔어.

"이 분이 뽑은 점괘가 아주 이상하구나."

"무슨 말씀인지요?"

그러자 점쟁이가 말했어.

"당신은 오늘 급사를 당할 점괘요. 집안에 이상한 기운이 있으니 뒤져 보도록 하시오"

한밤중에 모두가 집안 여기저기를 뒤지느라 난리가 났어. 그때 광에서 '꽝' 하는 소리가 들렸지. 모두들 깜짝 놀라 광으로 몰려갔어. 광 바닥에 커다란 멍석이 쓰러져 있는 게 보이는 거야. 멍석을 펴 보니 그 속에 웬 남자가 들어 있는 게 아니겠어? 그는 바로 며느리의 샛서방이었지.

자초지종은 이랬어. 저녁 무렵 며느리의 샛서방이 방으로 몰래 숨어들었어. 그런데 갑자기 남편이 돌아오자 다급해진 며느리는 샛서방을 광으로 데리고 가 멍석에 집어넣고 둘둘 말아 세워 두었어. 남편이 잠이 들면 그를 죽이고 돈을 훔쳐 샛서방과 함께 도망을 갈 생각이었던 거지. 송차돌은 소리로 점을 치는 장님점쟁이의 점괘 덕분에 죽음을 면하게 되었어. _ 인천시

5-4. 서른 냥으로 본 점

옛날에 양반도 아니고 상놈도 아닌, 차씨 성을 가진 중인이 있었어. 그는 공부로 벼슬을 할 능력은 없었지만 재산은 좀 있었지. 그래서 천석거리를 팔아 한양으로 올라와 양반들과 안면을 트기 시작했어. 벼슬이나 한 자리 얻을 셈이었던 거지. 그러나 양반들은 그저 차씨의 돈만 홀랑홀랑 빼먹을 뿐이었어.

이렇게 천석거리를 다 날린 차씨는 마누라에게 또 전답을 팔아 올리라고 했어. 두 사람 사이에는 자식도 없는 데다, 남편은 벼슬을 사겠다고 한양으로 가서는 계속 재산을 축내기만 했어. 언제 돌아온다는 기약도 없었지. 형편이 그렇다 보니 마누라는 딴 주머니 생각을 하고 샛서방까지 두게 되었어.

결국 차씨는 두번째 돈까지 전부 날렸지만 벼슬 한 자리를 얻지 못했어.

"아이고 내 신세야. 이젠 끝이로구나."

신세 한탄이 절로 나왔지. 절망에 빠진 차씨가 시장통을 지나는데 장님이 점을 치고 있었어.

"그래, 마지막으로 점이나 한 번 쳐 보고 한강에 빠져 죽든지 말든지 하자."

주머니에 있는 돈을 탈탈 털어 모아 보니 서른 냥이 나왔어. 차씨는 그것을 점쟁이에게 주고 점을 쳤지. 점쟁이가 눈을 끔뻑거리며 대롱을 흔들더니.

"당신에겐 앞으로 죽을 고비가 세 번 올 것이오."

죽을 결심을 했지만 막상 죽는다는 말을 들으니 차씨는 겁이 났어.

"그럼 어찌해야겠소? 좋은 방도가 없겠소?"

"내가 주는 이 대롱을 깊이 간수했다가 위험할 때 꺼내 보시오. 그리고 배를 탈 때 파란 대롱을 잊지 말고 보시오. 죽을 고비를 잘 넘기면 당신은 벼슬은 못해도 판서 자식을 둘 수는 있을 것이오."

세 가지 대롱을 받아 든 차씨가 길을 떠나 배를 타게 되었어. 차씨는 점쟁이가 가르쳐 준 대로 파란 대롱을 빼서 펼쳐 보았어. 거기에는 '암하 주불계'岩下舟不繫: 바위 아래 배를 매지 말라는 내용이 적혀 있었어. 차씨는 사공에게 소리쳤지.

"바위 아래 배를 매지 마시오!"

사공은 차씨의 다급한 목소리에 놀라 허둥지둥 배를 다른 곳에 맸어. 그러자 곧바로 커다란 바위가 천둥소리를 내며 무너졌어. 첫번째 위험을 면한 거지.

그렇게 집에 도착한 차씨는 첫날 저녁에 두번째 노란 대롱을 펴 보라는 점쟁이의 당부가 생각났어. 마누라가 밥을 하러 간 사이 차씨는 노란 대롱을 빼 보았지. 거기에는 '두상 유불세'頭上 油不洗: 머리 위의 기름을 닦지 마라라는 말이 적혀 있었어. 그는 상투 튼 머리에 무슨 기름이 있다는 건지 알 수가 없었어. 그런데 저녁을 먹고 잠자리에 들자 선반에서 뭔가 떨어지기 시작했어. 냄새를 맡아 보니 피마자기름이었어.

'음, 이걸 닦지 말라고 했구나'

라고 생각한 차씨는 머리에 기름을 오히려 더 잔뜩 발라 놓았지. 그 사이 마누라는 샛서방에게 달려가 이렇게 말했어.

"나는 머리에 기름을 반지르르하게 바르고 잘 것이니 만져 보고 기름이 묻어 있으면 난줄 아시오. 그러니 그 옆에 누워 있는 놈을 죽여야 하오"

차씨는 머리에 기름을 바른 채 윗목에서 자는 척하고 누워 있었어. 그렇게 한참을 있자 누군가 문을 열고 들어오는 기척이 들렸어. 시퍼런 칼을 가진 사람이 윗목에 있는 차씨의 머리를 더듬더니 기름이 발린 것을 확인한 후 곧바로 아랫목에 누운 마누라를 푹 찌르고는 달아났어. 두번째 위험을 면한 거지.

차씨는 점쟁이 덕에 목숨을 건졌지만, 이제 꼼짝없이 마누라를 죽인 살인죄로 몰리게 되었어.

"차가란 놈이 벼슬한답시고 한양으로 가더니 재산 다 없애고, 이제 마누라까지 죽였다."

관아로 끌려가게 된 차씨는 점쟁이가 준 세번째 대롱이 필요했어. 포졸에게 마지막 소원이라며 간청을 했지.

"빨간 대롱이 제 보따리에 있습니다. 몇 대째 내려오는 대롱이니, 그거나 보고 죽으면 여한이 없겠습니다."

마침내 보따리를 얻어 대롱을 열어 본 차씨는 더 기가 막혔어. 노란 종이에는 흰 백白 자만 달랑 세 개 씌어 있는 거야.

"도대체 이게 무슨 뜻인지 알 수가 있나?"

참으로 딱한 노릇이었지.

그런데 그 마을에는 낙향한 김정승이라는 양반이 있었는데 그에게는 관상을 잘 보는 딸이 있었어. 아버지를 따라 관아에 온 김정승의 딸은 우연히 재판을 받고 있는 차씨를 보게 되었지. 그녀는 차씨의 관상을 보고 이렇게 생각을 했어.

'저분을 남편으로 삼게 되면 판서아들 셋을 내겠구나.'

정승의 딸은 차씨를 찾아가 자초지종을 들었어. 그러고는 노란 종이의 글자를 풀어 줬지.

"종이 색이 누러니 누를 황 자에, 흰 백자 셋이니까 백삼이요. 이 근처에서 황백삼이라는 사람을 찾아 보시오."

관아에서 근처 마을을 뒤지니 정말로 황백삼이라는 자가 있었어. 마침내 황백삼은 모든 사실을 자백했지. 김정승의 딸은 어렵게 부모의 허락을 구해 차씨와 혼인을 하고 아들 셋을 낳아 모두 판서를 만들었어. 차씨는 벼슬 한 자리 얻으려 재산을 몽땅 날렸지만 마지막 남은 서른 냥으로 본 점괘 덕에 벼슬한 자식은 얻을 수 있었지. _ 도봉구 미아동

5-5. 대담한 점쟁이

옛날 포천에 아주 용한 장님점쟁이가 있었어. 얼마나 잘 알아맞히는가 하면, 도둑이 훔친 물건들이 어디 가 있는지 영락없이 딱 맞힌다는 거지. 그러다 보니 이 마을에 사는 도둑은 도저히 먹고 살 수가 없는 지경이었어.

도둑은 점쟁이를 죽여야겠다고 생각했어.

"당신 때문에 도저히 도둑질을 할 수 없으니, 대신 당신이 죽어야겠소."

"사람이 할 일이 그렇게 없단 말이오? 허구 많은 일 중에 왜 하필 도둑질이오."

"배운 게 그것뿐이니 어찌 하란 말이오?"

점쟁이는 도둑이 자신을 죽이러 올 것을 알고 미리 꾀를 내어 두었지.

"내가 일러 줄 테니 잘 듣고 그대로 하시오. 마을 뒤 고개를 넘어 가면 금이 든 독이 있을 것이오. 그것을 가져가시오."

도둑은 워낙 용한 점쟁이가 일러주는 말이니 혹하는 마음이 들었지.

"정말이요? 만약 금이 없으면 어찌할 거요?"

"금이 없으면 내 다시는 당신이 훔치는 걸 다른 사람에게 알리지 않겠소. 그러나 반드시 밤에 가서 금을 캐야 하오."

도둑은 점쟁이를 죽이러 왔다가 금을 얻게 되었으니 손해 볼 것이 없었어. 밤이 되자 괭이를 들고 고개를 넘어 점쟁이가 가르쳐준 곳으로 갔어. 그러나 그곳은 호랑이 굴이었던 거야. 더구나 새끼를 낳은 호랑이가 머무는 곳이었지. 새끼를 지키려고 예민해져 있던 호랑이는 단숨에 도둑을 물어 죽이고 말았어.

실패하면 자기가 죽을 수도 있었지만 대담한 점쟁이는 자신의 점괘를 믿었어. 그 덕분에 목숨을 구할 수 있었던 거지. _ 남양주군 진접면

5-6. 여덟 글자 점괘

옛날에 권씨 성을 가진 홀아비가 있었어. 그에게는 아들이 하나 있었는데 장가든 지 얼마 되지 않아 병이 나더니 자손도 없이 그만 죽고 말았어. 며느리와 단둘이 살게 된 권노인은 밥만 먹으면 아무 일이 없어도 밖으로 나갔다가 해가 져서야 들어오곤 했어. 그는 날마다 이렇게 살아야 하는 자신의 신세가 너무 답답해 점을 쳐보기로 했어. 마침 충청도 단양에 사는 황복黃卜이라는 사람이 점을 잘 본다기에 그를 만나러 길을 나섰어.

때는 사월 초순쯤이었어. 황복을 만나자 권노인이 말했어.

"여보시오. 점 한 번 봐주오. 이놈의 팔자가 어찌 되겠소?"

황복은 점괘를 뽑더니 '청상행배靑孀行盃, 연분낙배鷰糞落盃'라는 여덟 글자만 달랑 써 주었어. '어린 과부가 잔을 채우니 제비 똥이 잔에 떨어진다'라는 뜻인데, 그는 이것만 써 주고 아무 말도 하지 않았어.

며칠 후 권노인은 황복이 써 준 점괘를 받아 들고는 집으로 돌아왔어. 그러자 며느리는 기다렸다는 듯이 부엌에서 술을 걸러 시아버지 앞에 내왔어. 그리고 술 한 잔을 부어 두고는 부엌으로 휑하니 나가 버리는 거야. 처마에 집을 짓던 제비가 때마침 휙 날아가다가 술을 부어 놓은 잔에 그만 똥을 떨어뜨렸지. 권노인은 '황복이 참말로 점을 잘 치는구나'라고 생각하며 새로 술을 부어 마시려고 마루 밑에 개가 누워 있는 쪽으로 잔을 쏟았어. 그런데 개가 혀로 술을 핥아 먹더니 갑자기 '깨깽' 하고 죽어 버리는 거야.

며느리는 부엌에서 이 모습을 엿보다가 도망을 쳤어. 다른 남자가 있었던 며느리는 시아버지를 죽이고 집과 재산을 차지하려는 속셈이었지.

권노인은 모든 것이 허망했어. 그는 대문을 걸어 잠그고 길을 나섰어.

"며느리 하나 있는 것이 날 죽이려고 독약을 탔는데 내가 살면 뭐 할 거냐? 마지막으로 황복에게 다시 가봐야겠다. 만약 내 사주가 앞으로 희망이 없는 것 같으면 물에나 빠져 죽어야겠다."

노인은 황복을 다시 만났지.

"당신이 말한 대로였소. 한 번 더 점을 봐 주시오. 앞으로 내가 어찌 살아야겠소?"

그러자 황복이 이번에는 '단양귀로丹陽歸路 승아가애僧兒可愛'라는 여덟 글자를 뽑아 주었어. '단양에서 돌아가는 길에 동자승을 사랑하라'라는 뜻이었지.

"동자승을 사랑하라니, 이게 뭐요? 아직 희망이 있소?"

"있다마다요. 앞으로 좋은 세상이 올 것이니 걱정 말고 이번 걸음에는 이 글만 가져가시오."

권노인은 점괘의 의미를 알 수 없었지만 이번에도 황복을 믿어 보기로 했어. 황복의 집을 떠나 몇십 리를 걸어오는데 저만치 앞에 열댓 살 먹은 동자승이 바랑을 짊어지고 앞에 가고 있었지. 점괘가 딱 맞아떨어졌어.

권노인은 점괘대로 동자승을 만나게 되자 무작정 함께 길을 가기 시작했어. 그러고는 동행을 하는 동안 동자승을 살뜰하게 챙겨 주었지. 드디어 어느 마을에 도착하자 동자승이 이렇게 말했어.

"아이고, 어르신. 여기가 저희 집입니다. 어머니가 홀로 계십니다만, 그동안 저에게 많은 것을 베풀어 주셨으니 저희 집에 하룻밤 묵어가시지요?"

권노인은 동자승이 하는 말이 기특해서 집으로 따라 들어갔어. 다음 날 날이 밝자 길을 떠날 채비를 마친 동자승은 권노인을 찾아 이렇게 말했어.

"어르신도 혼자이시니 저희 어머니와 연분을 맺고 함께 사시는 것이 어떻겠습니까?"

동자승은 자신이 절에 들어가면 혼자 계시게 될 어머니가 걱정이 되어 권노인에게 부탁을 한 거야. 이렇게 해서 권노인은 황복의 점괘대로 말년에 좋은 세상을 살게 되었지. _ 도봉구 수유동

5-7. 점쟁이가 된 강태공

옛날에 강태공이 살았어. 그는 때가 오기를 기다리면서 강가에서 낚시를 하고 있었지.

어느 날, 아내가 강태공에게 이렇게 말했어.

"집안에 먹을 것이 떨어진 지 오래인데 어찌 그러고만 있는지요?"

강태공은 아내의 성화에 못 이겨 돈을 벌 요량으로 대문 앞에 '점치는 집'이라는 간판을 내걸어. 하루는 나무꾼이 나무를 팔러 가다가 지게에 버텨 놓고는 들어와 점을 봤지. 강태공이 점을 치더니, 이렇게 말했어.

"오늘 나무를 팔러 가는구나. 장에 가서 나무를 팔면 열세 냥을 받겠다. 그리고 술 석 잔에 떡 세 개를 얻어먹겠구나."

나무꾼은 애당초 아주 불량한 사람이었어. 그는 점이 안 맞으면 행패를 부리려고 작정을 하고 장엘 갔어. 나뭇짐을 내려놓고 한참을 기다리니 어떤 양반이 왔어.

"이 나무는 모두 얼마냐?"

그러자 나무꾼은 점괘를 틀리게 하기 위해 부러 이렇게 말했어.

"열 냥을 주시오."

"그래, 나무를 지고 우리 집까지 가자꾸나."

나무꾼이 양반집에 가서 나무를 부려 놓았어. 그때 마침 양반집 며느리가 막 떡을 해서 가지고 왔지. 그러자 양반은 나무꾼에게 사랑으로 들어와 앉으라 하고는 떡 세 개와 술 석 잔을 대접했어. 이렇게 해서 나무 값만 빼고는 점괘가 다 맞게 된 거지.

먹을 것을 다 먹은 나무꾼은 강태공의 집에 가서 나무 값에 대한 행패나 부리려고 일어났어. 그런데 그때 양반이 나무꾼에게 이렇게 말했어.

"여기까지 가져다주었으니 세 냥을 더 주마."

"아닙니다. 열 냥을 받겠습니다."

"아니다, 남의 물건을 정당하게 사야지 그렇게 해서는 안 되는 법이다."

그래서 나무꾼은 정말로 나무 한 짐에 열세 냥, 떡 세 개 그리고 술 석 잔을 얻어먹었어. 강태공의 점괘가 꼭 들어맞게 된 거

지. 그렇게 기가 막히게 맞히니 나무꾼은 아무 말도 못하고 집으로 돌아갔어. _ 의정부 가능동

6부

도깨비와 사귀어 이웃이나 되어 볼까

6-1. 도깨비의 종류

도깨비에 대한 재미있는 이야기를 들려줄게. 사람이 죽기 전에 원한 때문에 응어리진 것이 있으면, 그게 도깨비로 변하지. 이런 도깨비에는 여러 종류가 있다고들 해. 사랑 도깨비, 정치 도깨비, 황금 도깨비 등등 말이야.

그리고 또 물질에 얽매여 죽으면 그것이 변해서 도깨비가 된다고도 하지. 빗자루몽댕이, 부지깽이, 방망이, 도리깨자루 같은 것이 그런 거야.

도깨비가 장난을 치면 너무 무서워하지 말고 놀아 보도록 하는 것도 좋아. 친구 삼아서 놀아 보는 거야. 그런데 조심할 것이 있어. 같이 놀면서 혹시 도깨비를 이용해 떼돈을 벌려는 사람은 화를 당할 수도 있거든.

도깨비는 인간을 볼 수 있어도 인간은 도깨비를 볼 수가 없어. 하지만 인간의 눈에 도깨비를 보이게 하는 방법은 딱 한 가지가 있지. 질경이라는 풀이 있는데, 그것으로 기름을 짜서 초롱불을 해 놓고 불을 켜면 도깨비가 보인다고 해. 믿거나 말거나._

옹진군 영종면

6-2. 도깨비를 만나는 방법

도깨비를 다루는 이런저런 방법을 들려줄게. 먼저, 도깨비를 직접 만나려면 공동묘지를 가야 해. 열두 시 넘어 달이 없는 날이 좋아. 그믐날 밤에 담이 큰 사람 대여섯 명이 같이 가야만 하지. 갈 때는 친척이나 형제, 아무도 모르게 빨간 물감 같은 것을 소매 끝에 넣어서 가면 돼. 도깨비가 빨간 색을 싫어하기 때문이야. 그 다음은 공동묘지에 올라가 멍석을 네 군데 딱 박고 주위에 밀가루 반죽을 싹 돌려놓는 거야. 그렇게 하면 죽은 사람의 흉한 모습이 보이지 않는다고들 해.

그리고 도깨비가 좋아하는 것이 부엉이 고기이고 제일 싫어하는 것이 쥐 고기라고 해. 비 오는 날 공동묘지에 가서 멍석을 박고 밀가루 반죽을 둘러놓고는 부엉이 고기를 삶으면 도깨비들이 모이기 시작하지. 멍석에 밀가루 반죽을 쳤으니 들어오지는 못하고 도깨비는 고개만 쏘옥 내밀고 "나도 한 점 달라" 하고 혀를 내밀지. 그러면 부엉이 고기를 아주 조금씩 나눠 줘.

그런데 조심해야 할 일이 있어. 똑같이 나눠져야 하고 그렇지 않으면 큰일이 나. 그렇게 부엉이 고기로 입맛을 들인 뒤에는, 그 중 가장 똑똑해 보이는 도깨비에게는 한 번을 더 주는 거야. 그러면 그는 '내가 한 번 더 먹었구나. 큰 걸 먹었구나'라고 생각하지.

도깨비들에게 고기를 다 주고 나면 냄비를 엎어 놓고는 두들겨 봐. 세 번을 두들기면 도깨비들이 그냥 간대. 그러나 한 번 더 먹은 도깨비는 가지 않고 한쪽에 앉아 고맙다고 인사를 하지. 그때 소매에 숨긴 빨간 물감을 꺼내 도깨비의 이마 가운데에 점을 찍는 거야. 그러면 그 도깨비는 자신들의 소굴을 찾아가지 못하게 되지.

도깨비는 염력이 있어 손을 대지 않고 물건을 띄우기도 하고 움직이기도 하지만, 자기 몸에 붙은 것은 맘대로 할 수가 없대. 그러면 도깨비는 인간에게 빨간 점을 지워 달라고 부탁을 할 수밖에 없지. 그러면 그때부터 사람하고 도깨비가 타협을 시작하는 거야. 사람이 돈이나 벼슬 같은 것을 부탁하면 도깨비는 그것을 들어주고 사람은 대신 그 점을 지워 주는 거지. 하지만 변덕이 심한 도깨비가 나중에 해코지를 하면 어떻게 할까? 부엉이 고기를 주다가 쥐 고기를 주면 돼. 그러면 도깨비는 다시 부엉이 고기를 달라고 사정을 하게 되는 거지. _ 옹진군 영종면

6-3. 메밀묵을 즐기는 도깨비

그럼, 도깨비의 변덕이 얼마나 심한지 이야기해 줄게. 예전에 어떤 사람이 논에 모를 심어 놨어. 그런데 도깨비란 놈이 장난을 쳐서, 하룻저녁에 논에 있는 모를 싹 다 뽑아 버렸어. 논 주인은 너무 기가 막히는 거지. 그래서 도깨비를 어떻게 다루어야 할지 고민을 했어.

옛사람의 말에 '도깨비는 메밀묵을 즐긴다' '도깨비란 놈은 꼭 반대로 한다'라는 말이 있잖아? 논 주인은 그 방법을 써 보자고 생각했지. 그래서 논 주인은 도깨비가 좋아하는 메밀묵을 쒀다가 논바닥에 자꾸 뿌려 주면서,

"도깨비님, 딴 것이 아니라, 오늘 저녁에는 우리 논에 모가 있으니 다 없애 주시게."

하고는 반대로 말을 했어.

다음 날 아침 논 주인이 논엘 가보니 모가 감쪽같이 다 심어져 있었어. 그러자 이번에는 메밀묵을 해서는 논에 갖다 뿌리면서 말했지.

"우리 논이 너무 더러우니 좀 깨끗이 해 주게, 응? 독하고 쓸모없는 개똥이고 뭐고 그런 것은 갖다 두지 말고. 응?"

다음 날 아니나 다를까 도깨비는 그 근방의 개똥 소똥 가릴 것 없이 똥이란 똥은 다 주워서 마구마구 논에 뿌려 두었어. 개똥이 얼마나 좋은 거름인지 도깨비가 알 리가 없었던 거지. 그렇게 해서 논 주인은 도깨비 덕분에 기름진 논을 갖게 되어 풍년이 들었어. 이런 방법으로 도깨비를 사귀어 부자가 됐다는 사람이 아주 많다고 해. _ 강화군 삼산면

6-4. 도깨비의 변덕

변덕이 죽 끓듯 하는 도깨비 이야기를 하나 더 할게. 옛날 한 할아버지가 있었어. 그 할아버지에게는 매일 밤 찾아오는 도깨비가 있었어. 형체는 보이지 않아도 도깨비와 같이 앉아 얘기를 나누곤 했지.

도깨비가 할아버지를 찾아오면 “들어오게. 막걸리나 한잔 하세”라며 며칠 동안 도깨비를 친구로 생각하고 대접을 잘 했지. 그러면 도깨비가 매일 매일 찾아와 잘 놀다 가는 거지. 그러다가 한 번은 할아버지가 앓는 소리를 하면서 도깨비에게 부탁했어.

“아! 내가 돈이 좀 필요한데 구할 방도가 없을까?”

그러면 도깨비가 이렇게 말했어.

“내일 밤 돈을 마루 밑에 갖다 놓겠소.”

다음날 도깨비가 말한 자리를 가보니 진짜 돈이 있는 거야.

할아버지는 도깨비가 준 그 돈을 소중하게 장롱 깊숙하게 넣어 두었어.

그런데 며칠이 지난 후 도깨비가 오더니 대뜸 돈을 다시 돌려 달라며 변덕을 부렸어. 할아버지가 장롱 속에 넣어 둔 돈을 꺼내 주자 도깨비는 냅다 갖고 가 버리는 거지.

도깨비가 이렇게 돈을 줬다 뺏었다 하며 변덕을 부리자 할아버지는 꾀를 냈어. 도깨비에게 돈을 가지고 오게 한 뒤, 그 돈으로 땅을 사 버렸어. 그러고는 며칠 뒤 도깨비가 돈을 달라고 찾아오자

"저 골짜기에 있는 논을 사서 지금 모를 심었다."

라고 했지. 그러자 도깨비가

"그럼, 그것은 내 땅이니 내가 갖고 간다."

그러면 할아버지가

"그래, 갖고 가라."

했어. 하지만 땅을 어떻게 갖고 갈 수 있겠어? 그러니 도깨비는 화가 나서 그 논에 자갈을 막 뿌렸어. 그러면 할아버지가 껄껄 웃으며

"야, 이거 자갈이 오줌을 싸서 우리 농사 풍년이네! 풍년!"

이라고 하는 거지.

그리고 다음 날 논엘 가 보면 그 많던 자갈이 감쪽같이 치워

져 있다는 거야. 할아버지는 변덕이 심하고 어리석은 도깨비를 잘 꾀어서 농사를 잘 지어 풍년을 이루었대. _ 옹진군 영종면

6-5. 정신없는 도깨비

이번엔 정신없는 도깨비 이야기를 할게. 아주 먼 옛날에, 도깨비가 한 남자에게 돈 세 냥을 꿔 갔어. 반드시 갚겠다고 하면서 말이야. 그러고는 다음 날부터 꾼 돈 세 냥을 갚기 시작했어.

"내가 꾼 돈 세 냥 받으시게."

그러고는 다음 날 또 와서

"며칠 전, 꾼 돈 세 냥 가지고 왔소."

라면서 매일매일 찾아와서 돈을 갚는다는 거야. 도깨비는 돈을 꿔 간 것만 생각했지 갚았다는 걸 잊어버린 거지. 하지만 남자는 이런 사실을 도깨비에게 말하지 않고 계속 그 돈을 받아 재산을 불렸어.

하루는 도깨비가 돈을 갚는 것을 지켜보고 있던 눈치 없는 마누라가 말했어.

"아니, 어저께도 꾼 돈 세 냥이라고 가져오더니 오늘 또 가져오냐?"

그 말을 들은 도깨비는 그만 심술이 나서

"지금까지 내가 가져온 돈을 모두 갖고 간다."

라며 남자의 재물을 다 훑어가 버렸대. _ 강화도 길상면

6-6. 외눈박이 도깨비와 도리깨

정신없는 도깨비도 있지만 정신없는 사람도 있지. 어떤 선비가 어두운 밤길을 걸어 집으로 돌아가는 길이었어. 술이 얼큰하게 취해서 산 넘고 물 건너 들길을 지나고 있었지. 그런데 갑자기 등 뒤에서 이상한 기운이 느껴졌어. 등골이 오싹해졌지만 모른 척하고 그냥 가려고 했지. 그때였어. 벼락 치는 소리와 함께 키가 장승 같은 외눈박이 도깨비가 그 사람에게 냅다 덤벼들었어.

선비는 술에 취하긴 했지만 힘깨나 쓰는 사람이었지.

"야, 이놈이 누굴 농락하려 드는 거냐?"

라며 허리끈을 재빨리 풀어 외눈박이 도깨비를 꽁꽁 묶어 버렸어. 그러고는 '걸음아 날 살려라' 하고 집으로 뛰어갔지.

이튿날 날이 밝은 뒤 선비가 다시 그 자리에 가 보니, 도깨비

는 온데간데없고 도리깨* 하나가 선비의 허리끈에 묶여 서 있더래. _ 옹진군 영종면

* 곡식의 이삭이나 껍질을 두드려 그 속에 있는 알곡을 떨어내는 데 사용하는 탈곡 연장.

6-7. 도깨비가 있다는 거야, 없다는 거야

도깨비를 두고 무지막지하게 내기를 하는 사람들도 있어. 그 이야기를 할게.

어느 곳에 흉가가 있는데, 사람들은 그곳에서 도깨비들이 놀다 간다고들 했어. 하루는 한 무리의 젊은 남자들이 내기를 하는 거야.

"그 흉가에 도깨비가 있다는데, 갔다 오는 사람이 있으면 상을 주겠다."

그 중에서 기골이 장대한 남자가 나서며 말했어.

"세상에 도깨비가 어디 있냐? 내가 갔다 올 테니 술이나 받아 놓고 기다려라."

그러자 친구들은 이렇게 말했어.

"갔다 온 표시를 해 둬야 알지. 그렇지 않으면 어찌 알겠냐?"

"이 칼을 흉가의 마루에 콱 찍어 놓고 오면 우리가 인정할게."

옛날에는 보통 두루마기를 입고 다녔으니, 남자는 두루마기를 입고 칼을 가지고 도깨비가 있는 흉가로 뛰어갔어. 그는 도깨비가 없다고 호언장담을 했지만 사실 마음은 조급해졌지. 그래서 마당에 들어서자마자 급하게 칼을 마루에 찍었어. 그리고 바로 돌아 나오려는데 뒤에서 뭔가가 잡아당기는 거야. 차마 뒤를 돌아볼 용기는 없고, 발은 떨어지지도 않고. 그렇게 한참을 용을 쓰다가 남자는 그만 쓰러져 죽고 말았어.

남자가 돌아오지 않자, 친구들은 여럿이 초롱불을 들고 흉가엘 가보기로 했어.

"거봐라. 도깨비 없다고 하면서 이놈이 가더니 아주 함흥차사구나."

"어떻게 하냐? 만약 이놈이 죽었다면, 송장이나 치워야지."

흉가에 들어가 살펴보니, 남자가 칼을 두루마기 자락과 함께 마루에 꽂아 놓고 죽어 있는 거야. 자기 두루마기 자락이 칼에 꽂혀 있으니 발길이 떨어지지 않은 건 당연했던 거지.

그러면, 이 세상에 도깨비가 있다는 거야, 없다는 거야. _ 강화도 화도면

6-8. 집을 짓고 살게 해다오

도깨비를 볼 수 있는 능력을 가진 어떤 사람 이야기를 할게.

옛날 한 동네에 아들 삼형제를 둔 사람이 있었어. 그는 담대하고 심지가 굳건한 사람이었어. 그가 사는 동네에는 사람들이 드나드는 길옆에 커다란 덤불이 있었어. 어느 날, 그는 덤불이 방해가 된다면서 전부 자르려고 했지. 길을 환하게 만들려고 했던 거야. 그러나 그곳에 도깨비가 산다고 생각한 마을 사람들은 그를 말렸어.

"그걸 건드리면 안 됩니다."

"집을 잃은 도깨비가 반드시 해코지를 할 겁니다."

이런저런 소리들이 많았지만, 그 사람은 결국 일꾼을 시켜 덤불을 헐고 길을 냈어.

다음 날 저녁이었어. 구척장신의 도깨비가 그 사람의 집에 썩 들어왔어.

"네놈이 내 집을 다 헐어 버렸으니 이제 나는 너의 집에 살 것이다."

그러나 그 사람은 도깨비에게 지지 않고 호통 치며 대들었어.

"무슨 소리를 하는 게냐?"

"나를 너의 집에 살게 해 주지 않으면 너희 아들을 잡아가겠다."

"어디 네놈이 잡아갈 수 있으면 잡아가 보거라."

그 순간, 바로 윗방에서는 야단이 났어. 멀쩡했던 막내아들이 열이 펄펄 나고 앓게 되었던 거지. 그러니 노모와 마누라가 말했어.

"거 봐라. 이게 다 덤불을 헐어서 그렇지 않느냐?"

"무녀라도 불러 푸닥거리를 해야겠습니다."

그러자 그 사람은 호통을 치고 딱 드러누워 꼼짝도 하지 않고 말했어.

"그 따위 것 불러오면 단박에 쫓겨날 줄 아시오."

밤새 앓던 아들은 다음 날 아침에 죽고 말았지. 동네에서는 야단이 났어.

"야, 덤불을 그냥 놔뒀으면 이런 일은 없었을 텐데. 쯧쯧"

"도깨비에게 벌을 받아 그런 게야."

그러나 그 사람은 더 꼼짝도 하지 않았고, 그날 저녁에 또 도깨비가 와서 말했어.

"이 집에서 살게 하지 않으면, 둘째아들마저 잡아가겠다."

둘째아들도 역시나 밤새 열이 나고 앓다가 결국 죽고 말았어. 저녁이 되자 도깨비가 자기네 식구들을 모두 끌고 그 집으로 오니 마당이 꽉 찼지.

"저 식구들 모두 어디 가란 말이냐. 네가 집을 헐었으니 우리를 여기서 살게 해 다오."

"야 이놈아, 집 지어 줄 것 같으면 헐었겠냐? 사는 것은 너의 재주니 어디에서 살든지 썩 다른 곳으로 가거라."

그 사람은 눈 하나 깜짝 않고 사랑에 딱 드러누웠어. 그러자 도깨비가 말했어.

"당신같이 고집 센 놈은 처음 봤다. 그 고집을 꺾을 수 없으니 우리는 떠난다. 아들 둘이 죽은 것은 사실 명이 그것뿐인 것이지, 내가 그런 것이 아니다."

그 후 도깨비는 다시 나타나지 않았어. 도깨비의 존재는 항상 자기가 보기에 달려 있어, 있다면 있고 없다면 없는 것이지. 그렇기 때문에 마음을 든든하게 먹고 정신을 차리라는 이야기야. _ 인천시

6-9. 같이 가자는데 왜 말이 없어?

이번엔 누린내를 확 피우면 지나가던 소도 움찔하게 하는 도깨비 이야기를 하나 할게.

섣달그믐쯤이었어. 어떤 남자가 제사를 지내러 여럿이 같이 갔다가 혼자 돌아가는 길이었어. 날이 몹시 추운데다 발이 빠지도록 눈이 많이 와서 길을 가기가 힘들었어.

"에이, 이쪽 길은 좁고 큰 길로 가면 좀 낫겠지?"

남자가 큰 길로 가려고 가던 길을 다시 돌아 나왔어. 명주로 된 마고자에 흰 두루마기를 입고 오는데, 어디선가 누린내가 풍기니 남자는 정신이 핑 돌았어.

"제사를 지내고 술을 먹어서 그러나? 왜 이리 어지럽지?"

그 남자는 고개를 들고 앞을 바라봤지. 그런데 앞에서 두 사람이 하얀 두루마기를 입고 걸어가는 게 보였어.

'아, 하얀 두루마기를 입은 것을 보니 저 사람도 제사를 하러 갔다가 이제 돌아가는구나'

이렇게 생각한 남자는 뒤따라가며 그들을 불렀어.

"아, 여보 어딜 가는지 같이 갑시다."

아무리 불러도 대꾸가 없자 남자가 화를 내며

"글쎄, 무슨 사람들이 같이 가자는데 대꾸가 없는가?"

그러고는 두 사람에게 바짝 달려들어 머리로 들이받고 발로 걷어찼어. 그랬더니 금세 그 두 사람이 사라져 버리는 거야. 남자가 정신을 차리고 보니 오히려 자기의 두루마기가 찢어지고 코에서 피가 나고 있었어. 도깨비의 누린내에 홀려 헛것을 보고 달려들었던 거지. _ 옹진군 영종면

6-10. 도깨비의 순금이 조화를 부린 일

마지막으로 도깨비도 무서워하지 않는 마님 이야기를 할게.

옛날에 여러 명의 종을 두고 사는 부자가 있었어. 그런데 주인이 밤낮으로 술이나 먹고 난봉꾼 짓을 하더니 살림을 모두 탕진하고는 종적을 감추어 버렸어. 마님은 혼자 살 길이 막막해지자 남은 식솔들을 데리고 산속으로 들어갔어.

그곳에는 흉가가 하나 있었어. 하인들은 도깨비가 노는 집이라고 들어가기를 두려워했지만 마님은 겁을 내지 않았어.

"내가 지금 겁날 게 뭐가 있겠냐? 어디 한 번 안으로 들어가 보마."

마님은 그동안 갖은 고생을 하면서 단단해졌던 거지. 한밤중에 마님이 그 집을 들어서자 갑자기 바람이 휙 불더니 천장에서 다리 하나가 쑤욱 내려왔어. 마님은 눈도 깜짝하지 않고 다리를 확 잡아 찢어 버렸어. 그러자 잠시 후 앞마당에 키가 구척인 도깨비가 성큼성큼 들어와 호령을 했어.

"누가 내 다리를 잡아 챈 것이냐?"

그러자 담이 큰 마님은 도깨비에게 다가가더니 주먹으로 그 놈의 볼때기를 냅다 내리쳤어. 도깨비는 마님의 기에 눌려 덜컥 쓰러지더니 사라져 버렸어.

날이 훤히 밝은 아침이 되자, 흉가의 마당에 순금이 가득 쌓여 있었어. 도깨비가 마님을 주인으로 섬기겠다는 뜻으로 놓아두고 간 거지. 그 후로 도깨비가 조화를 부려 마님의 광에는 독마다 순금이 넘쳐 나게 되었어. 마님은 다시 큰 부자가 되었지.

어느 날 마님의 시아버지 제삿날이 돌아왔어. 그런데 그날 마침 지나가던 조리장수가 사랑방에 묵게 되었어. 제사를 지내고 난 뒤, 조리장수에게도 음식을 내줬지. 하지만 그는 음식은 먹지 않고 대신 상 앞에서 꾸벅꾸벅 절을 했어. 사연을 물어보니 그날이 바로 조리장수 아버지의 제삿날인데 제사상을 차릴 여유가 없어 그렇게 절만 한다는 거였어. 하인에게서 조리장수의 이야기를 전해 들은 마님은 이상한 생각이 들었어.

"시아버님과 제삿날이 같다니 신기한 일이로구나."

아무래도 조리장수의 행동이 미심쩍었던 마님은 사랑방에 창구멍을 뚫고 몰래 들여다봤어. 그런데 놀랍게도 그 사람은 재산을 탕진하고 종적을 감춘 자신의 영감이었어.

"저를 알아보시겠습니까?"

"예?"

"이제 마누라도 몰라보는 겁니까?"

마님이 호통을 치자 영감은 손이 발이 되도록 싹싹 빌었어. 마님은 영감의 못된 버릇을 단단히 고쳐 같이 살게 되었지. 이 모두가 마님의 기세에 복종한 도깨비가 조화를 부린 덕분이라고 하지. _ 강화군 양도면

7부

재미있는 이야기 한번 들어 보시게

7-1. 정신없는 사람

옛날에 건망증이 아주 심한 사람이 살았어. 하루는 이 사람이 길을 가던 중에 똥이 마려웠어. 급한 마음에 수풀 속으로 뛰어들어 갔지. 그런데 갓이 자꾸만 나뭇가지에 걸려 앉을 수가 없었어. 할 수 없이 갓을 벗으면서도 이런 생각을 했어.

'혹시 갓을 잊어버리고 가면 어쩌지?'

그래서 앉았다 일어나면 머리가 닿을 만한 나뭇가지에 갓을 걸어 놓았어. 이제 안심하고 볼일을 볼 수 있는 거지. 잠시 후 시원하게 볼일을 끝내고 일어나는데 머리끝에 뭔가 닿는 것이 있지 않겠어?

"이게 뭐지?"

하며 잡아 보고는.

"갓이잖아?"

했어. 그리고 하는 말이 이랬지.

"옳다. 갓 하나 얻었구나!"

그러나 좋아서 덤벙대다가 그만 자기가 눈 똥을 밟아 버렸네? 그리고 한다는 말이

"어떤 놈이 여기다 똥을 싼 거야?"

라고 했대. _ 의정부시 가능동

7-2. 진짜 못 말리는 놈

옛날에 너무 유식해서 문자로만 말을 하는 사람이 있었어. 웬만한 사람이 아니고서는 그의 말을 알아들을 수가 없었지.

어느 날 그의 장인이 범에게 물려 갔어. 문자 쓰는 사람은 동네 사람들이 모인 곳으로 급히 달려가 숨을 헐떡이며 말했어.

"원산호걸遠山虎傑이 근산래近山來하다가, 오빙부吾聘父를 착거捉去하니, 창유자槍有者는 창지槍持하고, 총유자銃有者는 총지銃持하고, 속출래速出來오 속출래速出來오."*

동네 사람들이 무슨 소리인지 알 수가 있나? 결국 문자 쓰는 사람의 장인은 범에게 물려 죽고 말았어. 그러자 문자 쓰는 사람은 분한 마음에 관아에 가서 동네 사람들을 고발했어.

* 먼 산에서 큰 범이 마을 가까이 내려와 우리 장인을 잡아가니, 창을 가진 자는 창을 들고 총을 가진 자는 총을 들고 빨리 나오시오, 빨리 나오시오.

"저들은 사람이 범한테 물려도 내다보지도 않습니다."

원님은 동네 사람들을 불러 호통을 쳤어.

"이놈들, 어떻게 사람이 범한테 물려 가는데도 내다보지도 않았느냐?"

그러자 동네 사람들이 말했어.

"아, 저희같이 무식한 놈들이 어찌 문자를 알겠습니까?"

"거 무슨 소리 하는가 보다 했지, 사람이 범한테 물려 가는 줄은 꿈에도 몰랐습니다."

사정이 이러니 원님도 어쩔 도리가 없었어. 오히려 문자 쓰는 사람을 향해 호통을 칠 수밖에.

"네 이놈, 사람이 알아듣지도 못하게 문자를 쓰다니? 네가 동네 사람들을 희롱하는 것이렷다. 이놈을 매우 쳐라."

문자 쓰는 사람이 볼기를 맞고 비명을 질렀어.

"아이고, 둔臀: 엉덩이이야."

엉덩이가 아니라 '둔'이라 했지. 또 볼기를 한 대 더 때리자 뭐라 한 줄 알아?

"차후로는 불용문자不用文字: 문자를 쓰지 않다 하겠습니다."

라고 또 문자를 썼어. 진짜 못 말리는 놈인 게지. _ 의정부 가능동

7-3. 이제야 옳은 사또가 왔구나!

옛날 어느 마을에 홀아버지를 모시고 사는 효자가 있었어. 당시에는 마을에 새로운 사또가 부임해 오면 누가 효자인지 조사를 하곤 했어. 그러면 항상 그 아들이 최고의 효자로 상금을 많이 받았지. 이번에도 사또가 새로 부임해 왔어. 그래서 아버지는 생각했지.

'오늘, 또 우리 아들이 상금을 많이 타 오겠구나.'

그런데 해가 져도 아들이 돌아오지 않았어. 아버지는 아들이 걱정이 되어 문밖에까지 나와 기다렸어. 한참이 지난 후에 아들이 저쪽에서 다리를 절룩거리며 오고 있었지.

"아이고, 얘야. 왜 다리를 절고 오느냐?"

"말도 마세요, 아버지."

"효자상은 어쩌고 이 지경이 되었느냐?"

"효자상은 고사하고, 아버님이 혼자되신 지 오래되었는데도 어머니를 정해 주지 않았다고 죽지 않을 만큼 볼기만 맞고 오는 길입니다."

아버지가 아들의 이야기를 듣더니 무릎을 치면서 말했어.

"이제야 옳은 사또가 왔구나!" _ 옹진군 영종면

7-4. 꿈보다 해몽이로구나!

옛날에 글솜씨로는 누구든지 두렵지 않은 사람이 있었어. 그런 그에게 딱 한 가지 걱정이 있었지. 아들이 하나 있는데 아무리 가르쳐도 공부가 늘지 않는다는 거야.

세월이 흘러 아들은 장가를 가게 되었어. 그런데 처갓집은 문장이 뛰어난 집안이었고, 아버지는 걱정이 이만저만이 아니었어.

'저놈, 글 실력이 알려지면 필시 쫓겨 오지 않을까 걱정이다'

아버지는 아들을 앉혀 놓고 신신당부를 했어.

"혼례를 지내고 장인하고 색시가 들어오면 너는 밖을 내다보고는 뭐든 생각나는 대로 말해라. 그러면 내가 그것을 풀어 주마."

처갓집에서 혼례를 치르고 장인과 색시가 들어와 인사를 했어. 그때 아들은 아버지가 시킨 대로 밖을 내다보았어. 그러자 아들의 눈에 외양간 선반 위에 농기구를 놓아 둔 것이 보였어. 거기엔 삽, 가래, 쟁기. 쇠스랑이 얹혀 있었지. 그걸 보고 아들이 이렇게 말했어.

"쟁기, 가래, 소시랑쇠스랑."

그러자 신랑 아버지가 무릎을 탁 치며 말했어.

"옳거니, 장기裝妓한 며느리가 가래佳來하니 소신랑小新郎을 맞는구나."*

이게 바로 꿈보다 해몽인 거지. 아버지 덕분에 아들이 그 자리를 잘 모면했고 자식 낳고 잘 살았다고 해. _ 도봉구 미아동

* 단장한 며느리가 아름답게 와서 작은 신랑을 맞는구나.

7-5. 뜨뜻하게 자는 방법

어떤 효자가 홀어머니를 모시고 큰 기와집에서 살고 있었어. 그는 매일 아침에 일어나면 어머니께 이렇게 인사를 했어.

"어머니, 밤새 춥지 않게 잘 주무셨습니까?"

그러면 어머니는

"에휴, 추워서 못 잤다."

라고 했어. 그래서 아들은 방이 더 뜨끈하게 절절 끓도록 불을 때드렸지. 하지만 다음날이면 어머니는 어김없이 춥다고 했어.

하루는 대문간에 허우대가 멀쩡하게 생긴 노인이 동냥을 왔어. 아들은 그 노인에게 먹을 것을 내주며 문득 드는 생각이 있어 이렇게 말했지.

"부탁이 하나 있습니다. 들어주시겠습니까?"

"어떤 부탁인지요?"

"사실 제가 홀어머니를 모시고 있는데, 저희 집에 와서 아버지 노릇을 좀 해주시면 어떻겠습니까?"

노인은 이런 큰 기와집에서 아버지 노릇을 하며 살라니 싫을 턱이 없었지. 하인들이 노인을 씻기고 새 옷을 입히니 아주 멋진 노인네가 되었어. 그리고 아들은 어머니의 방에는 일부러 불을 때지 않았어.

다음 날, 아들은 아침 일찍 일어나서 시치미를 뚝 떼고 문안 인사를 했지.

"어머니, 밤새 잘 주무셨습니까?"

"그래, 어저께 밤에는 뜨뜻하게 아주 잘 잤구나." _ 옹진군 영종면

7-6. 배꼽 세 근 내기

옛날에 장기 두는 것을 아주 좋아하는 양반이 살았어. 하루는 그의 집 뒷산 절에 장기를 잘 두는 중이 있다는 소문을 듣게 되었지. 양반은 장기판을 들고 뒷산으로 올라갔어.

"아이구, 대감님 오십니까?"

"장기 좀 둘까 하고 왔네."

"저는 내기 장기가 아니면 안 둡니다."

"무슨 내기를 하겠나? 얼마를 걸 텐가?"

"돈내기보다는 진 사람의 배꼽을 세 근 도려내는 내기를 합시다."

대감은 '설마, 배꼽을 도려내기야 하겠어?'라고 생각하고 장기를 두는데, 대감이 그만 지고 말았어. 다시 한 판을 두겠거니 생각하고 대감은 가만히 앉아 있었어. 그러나 중은 바깥엘 나가더니 칼을 갈기 시작하는 거야.

"이놈, 배꼽을 도려내면 죽지 않느냐? 무슨 짓이야?"

"죽든지 말든지 저는 모릅니다. 약속대로 배꼽만 도려내면 그만입니다."

결국 두 사람은 사또를 찾아가 재판을 하게 되었어. 사또가 판결을 하자니 여간 어려운 게 아니었어. 그런데 사또에게 영특한 아들이 있었는데, 이렇게 말했어.

"아버지. 그까짓 걸 가지고 뭘 그러십니까?"

"그럼, 네가 잘 해결할 수 있겠느냐?"

이튿날 아들이 재판을 하러 나가 중에게 이렇게 말했어.

"그래, 내기를 했으면 당장 도려낼 것이지. 왜 재판까지 왔느냐? 자, 저 양반 놈을 눕히고 배꼽을 도려내도록 해라."

그러고는 이렇게 덧붙였어.

"단, 저울에 달아봐서 세 근이 꼭 맞아야 한다. 만약 세 근이 안 되면 네 배꼽으로 세 근을 채워야 하고, 세 근이 넘으면 너는 죽은 목숨이다."

중이 생각해 보니 그건 도저히 할 수 없는 일이었지. 그러니 사또의 아들 덕에 목숨을 구하게 되었다는 이야기야. _ 남양주군 구리읍

7-7. 바깥으로 내보내는 재주

어느 서당에서 아이들이 한참 말놀이를 하고 있었어.

"네가 사는 동네 이름은 왜 그러냐? 물이 있어도 하일강화군 양도면의 지명 물이 없어도 하일."

"그러면, 네가 사는 곳은 왜 비가 와도 건평강화군 양도면의 지명 비가 안 와도 건평이냐?"

그 모습을 지켜보던 훈장은 재밌는 놀이가 생각나서 아이들에게 말했어.

"너희들, 나를 바깥으로 내보내는 재주를 한번 부려 봐라."

그러자 아이들이 우르르 밖으로 나갔다 돌아와서 말했어.

"훈장님, 훈장님 댁에 손님이 왔대요. 오시래요."

훈장은 아이들 속셈을 알아채고 꼼짝을 하지 않았어. 별의별 짓을 다 해 봤지만 아이들은 훈장을 밖으로 내보낼 수가 없었지.

그런데 이 소란 중에도 한 아이만은 꼼짝 않고 가만히 앉아 있는 거야. 훈장은 이상한 생각이 들어 아이에게 물었어.

"넌 어째서 잠자코 앉아만 있는 게냐?"

"……."

"다른 아이들은 다 이런저런 말을 하는데 넌 왜 말을 안 하는 것이야?"

그러자 아이가 심각한 얼굴로 말했어.

"저는 훈장님을 안으로 들어오게 할 수는 있어도 바깥으로 나가게 하는 재주는 없어요."

"그래? 나를 안으로 들어오게 하는 재주가 있다고? 그렇다면 어디 한번 해봐라."

그러고는 훈장이 밖으로 나갔지. 그제야 그 아이가 능청스럽게 말했어.

"훈장님이 바깥으로 나가셨으니 결국 제가 내기에서 이긴 겁니다." _ 강화군 길상면

7-8. 가히 쓸 만하구나!

옛날 어느 마을에 방귀를 잘 뀌는 여자가 있었어. 나이가 들어 시집을 가게 되었는데 흉이 잡힐까 걱정이 되어 방귀를 뀔 수 없었어. 그러자 며느리는 점점 얼굴이 노랗게 변해 갔지. 하루는 며느리가 시아버지께 밥상을 들고 들어갔어. 그런데 며느리의 얼굴이 말이 아닌 거야.

"아가, 왜 그렇게 얼굴이 노랗게 뜬 거냐?"

"아버님, 실은 제가 방귀를 참다가 그만…."

그러자 시아버지는 예의 바른 며느리를 기특해하며 말했어.

"괜찮다. 방귀가 뭐라고 얼굴이 노랗도록 참느냐. 맘 편히 뀌도록 해라."

그러자 며느리가 수줍어하며 말했어.

"제가 방귀를 뀌면 아버님, 어머님은 기둥을 붙잡고 서방님은 솥을 잡고 있어야 해요."

"그래, 알았다."

며느리가 주저주저하다가 '와닥딱 뚝딱 와닥딱 뚝딱' 하고 방귀를 시원하게 뀌었어. 그러자 집이 흔들리고 집안의 물건들이 온통 뒤집어졌지.

"무슨 놈의 방귀가 이렇게 요란하단 말이냐?"

며느리가 방귀를 한 번만 더 뀌면 지붕이 날아갈 판이었지. 궁리 끝에 며느리를 친정으로 돌려보내기로 했어. 며느리를 친정에 돌려보낸다는 일이 좋은 일은 아니니, 시아버지의 속이 답답했어. 그러니 사돈댁으로 가는 길에 과수원에 주렁주렁 달린 배를 보고 이렇게 말했어.

"저놈의 배나 하나 먹으면 속이 시원해질 것 같구나."

"아버님, 그게 소원이신가요? 그럼 배나무 밑에 가마를 대시지요."

며느리는 가마 안에서 '와닥딱 뚝딱 와닥딱 뚝딱' 하고 냅다 방귀를 뀌었지. 그러자 배나무의 배들이 두둑두둑 떨어졌어. 그 모습을 지켜보던 시아버지는

"아휴, 우리 며느리 방귀도 쓸 곳이 다 있구나!"

하고는 다시 가마를 돌려 집으로 돌아갔대. _ 강화도 길상면

7-9. 점입가경이로구나

옛날에 아주 지독한 구두쇠 영감이 있었어. 어느 날 며느리를 맞이했는데 그 며느리도 여간 구두쇠가 아니었어. 그러니 영감은 아주 살림을 잘한다며 며느리를 칭찬했어.

한 번은 고기 장사가 그 동네를 들렀어. 그러자 며느리는 고기 장사를 불러서 고기를 살 것처럼 한참을 이리 주무르고 저리 주무르고 했어. 하지만 며느리는 결국 고기를 사지 않고 집으로 와서는 고기 만진 손을 물에 씻는 거야. 그러더니 그 물을 솥에 다 붓고 국을 끓였어.

영감이 국을 한 입 먹고는 물었어.

“오늘 아침 국 맛이 좀 다른 것이 아주 맛이 있구나. 무얼 넣었느냐?”

며느리가 자신이 한 일을 자랑삼아 늘어놓자 영감이 대뜸 화를 내며 말했어.

"예끼, 고얀 것. 그걸 한 끼에 다 먹다니, 물이 든 항아리에 손을 씻어 뒀으면 여러 날을 먹을 수 있었을 것 아니냐?

결국 영감은 며느리를 쫓아내고 말았지. 그러자 동네 사람들이 물었어.

"살림 잘한다고 칭찬하던 며느리를 어째서 쫓아냈는가?"

영감이 마을 사람들에게 자초지종을 들려주었어. 그러자 영감의 말을 다 들은 동네 사람들이 뭐란 줄 알아? 이렇게 말했어.

"손을 우물에 씻었으면 동네 사람이 다 맛있게 먹었을 텐데…." _ 의정부시 가능동

7-10. 고약한 사람

어떤 고약한 사람이 있었어. 그가 푸줏간에서 쇠고기를 사고 있었지. 쇠고기를 먹어 본 적이 없는 한 사람이 어떻게 먹나 구경이나 하려고 그 고약한 사람을 쫓아갔어. 얼마쯤 가더니 고약한 사람이 자기 집으로 들어가 고기를 재고 숯을 피우기 시작하는 거야. 이제 그 사람이 쇠고기를 굽기 시작하는데 냄새가 진짜 좋았어. 지금껏 맡아 본 적이 없는 좋은 냄새였지. 쫓아간 사람은 냄새에 이끌려 그 사람의 집 툇마루까지 가서 구경을 했어.

그런데 고약한 사람이 구운 고기를 먹지 않고 자꾸 툇마루에 앉은 사람을 쳐다봤어. 냄새를 맡던 사람이 이렇게 생각했어.

"저 사람이 쇠고기를 먹지 않고 왜 나를 자꾸 쳐다보나? 내가 얻어먹고 싶어하는 줄 아나?"

그때 고약한 사람이 냄새를 맡고 있던 사람에게 오더니 다짜

고짜 이렇게 말했어.

"돈을 주시오."

"내가 무슨 돈을 줘야 하오?"

"고기 값을 주시오."

"난 고기를 먹지 않았소. 무슨 소리를 하는 거요? 냄새만 맡았을 뿐이오."

"냄새를 맡았으니 그 돈을 내시오."

고기는 먹어 보지도 않았는데 돈을 내라니 기가 막히는 일이었지.

이렇게 옥신각신 싸우고 있었는데, 어떤 아이가 지나다가 이 광경을 보게 되었지.

"어째서 싸우는 건가요?"

"글쎄, 고기 굽는 걸 구경하고 있었는데 날보고 냄새 맡은 값을 달라는 억지를 부리는구나. 나는 고기 먹는 걸 구경만 했을 뿐이란다."

아이가 일단 냄새 맡은 사람에게 엽전을 달라고 했어. 엽전을 받은 아이는 그것을 손에 쥐고 막 흔들더니 고약한 사람의 귀에 갖다 댔어. 그러고는 이렇게 말했어.

"고기 냄새 맡은 값으로 돈 소리를 들었으니, 이제 되었지요?"

고기를 먹지도 않았는데 냄새 맡은 값을 달라니, 어처구니가 없는 일이었지. 그러니 똑같이 돈 소리로 갚았으니 고약한 사람도 어쩔 수 없게 된 거야._ 남양주군 미금읍